Johanna M. Rieke · Das Geheimnis der drei Mönche

Johanna M. Rieke

Das Geheimnis der drei Mönche

Roman

p u b l i c b o o k m e d i a v e r l a g

FRANKFURT A/M ✻ WEIMAR ✻ LONDON ✻ NEW YORK

Die neue Literatur, die – in Erinnerung an die Zusammenarbeit Heinrich Heines und Annette von Droste-Hülshoffs mit der Herausgeberin Elise von Hohenhausen – ein Wagnis ist, steht im Mittelpunkt der Verlagsarbeit. Das Lektorat nimmt daher Manuskripte an, um deren Einsendung das gebildete Publikum gebeten wird.

Bibliografische Information der Deutschen Nationalbibliothek
Die Deutsche Nationalbibliothek verzeichnet diese Publikation in der Deutschen Nationalbibliografie; detaillierte bibliografische Daten sind im Internet abrufbar über http://dnb.d-nb.de.

Gedruckt auf säurefreiem, alterungsbeständigem Papier, hergestellt aus chlorfrei gebleichtem Zellstoff (TcF-Norm).

Printed in Germany

ISBN 978-3-86369-228-5

Im Verlag public book media erscheinen regelmäßig Werkstattausgaben, die der Verfasser gestaltet und die vom Verlag auf Wunsch des Autors/der Autorin nicht durch Lektorierung standardisiert werden. Das Buchprogramm gewährt somit unmittelbare Einblicke in den Arbeitsprozess eines Schriftstellers. Der Verlag bittet deshalb um Verständnis für etwaige Besonderheiten und Regelabweichungen, Gestaltungsformen, die so individuell sind, dass sie als grammatische oder Satzfehler missverstanden werden können oder jedenfalls einen authentischen Einblick in die Schriftstellerwerkstatt gewähren.

Ein Unternehmen der Holding
FRANKFURTER VERLAGSGRUPPE
AKTIENGESELLSCHAFT
In der Straße des Goethehauses/Großer Hirschgraben 15
D-60311 Frankfurt a/M
Tel. 069-40-894-0 • Fax 069-40-894-194
E-Mail lektorat@frankfurter-literaturverlag.de

Für Bryan, meinen geliebten Ehemann.

Er ist die große Liebe meines Lebens.

Nach den Themsemorden

In kriminalistischer Hinsicht verlief das Jahr 1890 bis zum April ohne besondere Vorkommnisse. Doch dann wurde London, wie Sie, geneigter Leser, sich bestimmt noch erinnern, von einer Mordserie erschüttert. Bei den Opfern schien es keine Gemeinsamkeiten zu geben, außer der Tatsache, dass sie auf äußerst bestialische Art und Weise den Tod fanden und die Morde stets auf dem gegenüberliegenden Themseufer der Isle of Dogs verübt wurden. Dieser Umstand führte dazu, dass die Mordserie in der Öffentlichkeit unter dem Schlagwort *„Die Themsemorde"* zu trauriger Berühmtheit gelangte. Was meine Person betraf, so befasste ich mich erst ab Juni mit diesen Morden, da zuvor meine neu gegründete Praxis in Kensington meine ganze Aufmerksamkeit beanspruchte. Und der Umstand, dass ich nun verheiratet war, führte dazu, dass ich die wenigen freien Stunden, die mir blieben, überwiegend mit meiner geliebten Mary und nicht mehr mit Sherlock Holmes verbrachte. Als es jedoch Sommer geworden war, ließ die Betriebsamkeit in meiner Praxis nach und ich war in der Lage, Holmes bei der Untersuchung der Themsemorde zu unterstützen. Unter Einsatz unseres Lebens konnten wir den Täter ermitteln und seiner gerechten Strafe zuführen. Dabei gelang es uns ebenfalls ein Attentat zu verhindern, dass viele Menschenleben gekostet hätte. Mehr kann ich hierüber zurzeit nicht schreiben, denn ich bin durch die jetzige Regierung, die in diesem Fall involviert war, zum Stillschweigen angehalten. Es sei jedoch so viel verraten, dass es sich für mich persönlich um das dramatischste Ereignis handelt, das ich je mit Holmes erlebt habe.

In Anbetracht dessen, welchen Gefahren wir schon bei früheren Ermittlungen ausgesetzt waren, mag es Sie geneigter Leser daher nicht verwundern, dass wir diesmal nicht unbeschadet als Sieger hervorgingen. Sowohl Holmes, als auch ich, hatten bei dem finalen Kampf mit unserem Widersacher Verletzungen davongetragen. Nach einer gemeinsam verbrachten Zeit im Hospital beschloss Holmes, sich unter der Fürsorge von Mrs. Hudson in der Baker Street zu erholen, während ich zusammen mit Mary aufs Land fuhr, um dort meine Gesundheit wiederzuerlangen.

Mrs. Forrester, bei der Mary bis zu unserer Hochzeit als Gesellschafterin tätig gewesen war, lud uns auf ihren Landsitz nahe Robertsbridge in East Sussex ein. Dieses großzügige Verhalten mag den uneingeweihten Leser verwundern, so dass ich kurz auf die Beziehung zwischen den beiden Frauen eingehen möchte.

Als Mary nach dem geheimnisvollen Verschwinden ihres Vaters, Oberst Morstan, zur Vollwaise wurde und auf sich selbst gestellt war, trat sie in die Dienste von Mrs. Forrester. Hier ergab sich für Mary jedoch nicht nur die Möglichkeit, sich ihren Lebensunterhalt zu verdienen, sondern sie fand in Mrs. Forrester auch eine mütterliche Freundin und Vertraute, die ihr äußerst zugetan war. Die wohlwollende Anteilnahme an Mary´s Zukunft endete auch nicht nach unserer Vermählung, obgleich der Kontakt, den die beiden Frauen nun miteinander pflegten, sich auf Briefe beschränkte. Als Mrs. Forrester von meiner Verletzung erfuhr, erhielten wir von ihr die Einladung meinen Genesungsurlaub auf ihrem Landsitz zu verbringen.

Dankend nahmen wir dieses Angebot an und verließen am 19. Juni London mit dem Zug in Richtung Sussex. Am Bahnhof von Robertsbridge, welches etwa 10 Meilen nördlich von Hastings

liegt, erwartete uns dann ein Einspänner, um uns zu dem etwa drei Meilen entfernten Landsitz von Mrs. Forrester zu bringen.
Mrs. Forrester begrüßte uns aufs Herzlichste und zeigte uns unsere Zimmer, wo wir uns einrichteten. Seitdem verlebten wir schöne Ferientage, die meine Genesung förderten. Ich fühlte, wie ich langsam wieder zu Kräften kam, und blickte daher zunächst unbeschwert in die Zukunft. Doch dann ertappte ich mich dabei, dass ich immer öfter an Holmes dachte und mich frug, wie es ihm wohl ging. Je mehr Zeit verstrich, umso unruhiger wurde ich. Dabei bangte ich nicht so sehr um die Heilung seiner Verletzung, denn ich wusste um seine eiserne Konstitution und unbeugsame Willenskraft. Meine Sorge galt eher dem, was er jetzt tat. Wenn er an einem neuen Fall arbeiten sollte, so hoffte ich inständig, er würde sich nicht übernehmen. Doch vielmehr fürchtete ich die Vorstellung, dass er mit keinem Fall beschäftigt war. Vor meinem inneren Auge sah ich die einzelnen Stadien, die er durchlaufen würde und die ich, als ich noch in der Baker Street wohnte, sooft miterlebt hatte. Zunächst würde er wie ein ruheloses, eingesperrtes Tier umherwandern. Dann kämen aggressive Wutausbrüche, bei denen in erster Linie Mrs. Hudson die Leittragende wäre. Anschließend würde sich Holmes ganz verschließen, nicht mehr auf sein Äußeres achten und bestenfalls disharmonisch auf der Geige spielen. Doch die schlimmste Phase würde erst hiernach einsetzen. Holmes würde zum Kokain greifen und sich eine siebenprozentige Lösung injizieren, um seinen Geist zu stimulieren. Mir graute vor dieser Vorstellung! Wie oft hatte ich ihm als Freund und Arzt schon Vorhaltungen diesbezüglich gemacht – und nie hatte ich sein Verhalten ändern können. Es war mir nicht möglich, ihn davon zu überzeugen, dass die anregende Wirkung, welche die Droge auf ihn ausübte, verheerende Folgen für seinen Körper und Geist beinhaltete. In seinen Augen musste

ihm das Kokain als Ersatz dienen, wenn es kein interessantes Problem gab, das seinen Verstand herausforderte.
Meine Sorge wuchs immer mehr, bis ich beschloss, Holmes zu schreiben und ihm über meinen Aufenthalt hier in Robertsbridge zu berichten. Zugegeben, es gab hier meiner Ansicht nach nichts, dass sonderlich von Interesse gewesen wäre, aber vielleicht würde meine Schilderung Holmes zumindest ein wenig Zerstreuung bringen und ihn somit von der Kokainlösung fernhalten.

Mein erster Brief an Holmes

Robertsbridge, 29. Juni 1890

Mein lieber Holmes,

nun sind bereits zehn Tage vergangen, seit dem Sie Mary und mich zur London Bridge Station begleiteten und sich von uns verabschiedeten. Wir haben unser Ziel wohlbehalten erreicht und wurden auf das herzlichste empfangen. Der Landsitz von Mrs. Forrester befindet sich nördlich von Robertsbridge und liegt recht einsam. Ihr Grundstück wird im Osten durch den Fluss Rother begrenzt und im Süden durch einen Fahrweg, der auf die Langham Road mündet, welche nach dem kleinen nordwestlich gelegenem Dorf Etchingham führt. Direkte Nachbarn gibt es für Mrs. Forrester nicht, doch gibt es zwei Meilen südlich von Robertsbridge ein Anwesen, mit dessen Bewohnern Mrs. Forrester ein nachbarschaftliches Verhältnis pflegt. Es gehört dem Industriellen Richard Welling, der bei Hastings eine Tintenmanufaktur betreibt. Die Ostflanke seines Anwesens grenzt an die Zufahrtsstraße zur alten Abtei. Die Bezeichnung „alte Abtei“ wird Sie vielleicht verwundern, doch ist sie wahrlich von Nöten, da Robertsbridge über zwei Abteien verfügt. Die ältere von beiden befindet sich jedoch bereits in einem solchen Zustand des Verfalles, dass man sie besser als Ruine bezeichnen sollte. Wie Sie sehen, habe ich einige Kenntnisse über unser Feriendomizil erlangt. Oder vielleicht sollte ich besser sagen, erlangen müssen? Fällen Sie, mein lieber Freund, darüber Ihr eigenes Urteil und lesen Sie, wie ich zu meinen Kenntnissen gelangte. Kurz nach unserer Ankunft bei Mrs. Forrester stattete der ortsansässige Vikar Samuel Crane uns einen Besuch ab. Er hatte gehört, dass ein Arzt mit Gattin aus London einträfe und die Gelegenheit zu einem „kultivierten Gespräch", wie er es nannte, wollte er sich nicht entgehen lassen. Als er dann meinen Namen erfuhr, erging er sich in Lobreden. Sie, Holmes, lobte er für Ihren selbstlosen Einsatz für das Gute und mich für meine spannenden Erzählungen im Strand Magazine. In diesem Vikar haben Sie, mein lieber Freund, einen glühenden Verehrer Ihrer Deduktionskunst und ich sage es Ihnen, er ist hier nicht der Einzige. Doch dazu später mehr. Auf jeden Fall genoss ich seine Lobreden auf uns und gab auf sein Drängen hin auch einige kleine Episoden unserer Abenteuer zum Besten. Dann kam der Zeitpunkt, dass sich der Vikar gezwungen sah, auch etwas seiner Ansicht nach Interessantes zur Unterhaltung beizusteuern. Und so kam es, dass er in eine recht langatmige Erzählung über Robertsbridge und seine Abteien verfiel. Während er, wie es schien, ohne Atem zu holen redete, überkam mich die Erkenntnis, dass ich von dieser Geschichtslektion verschont geblieben wäre, hätte der gute Vikar in mir nicht den Freund des Mannes erkannt, den er so sehr verehrte. Daher halte ich es nur für gerecht, die mir noch rudimentär bewussten Fakten dieser Geschichtslektion an Sie, meinen lieber Freund, weiterzugeben.

Die erste Abtei wurde 1176 von Richard I als Tochterkloster der Boxley Abbey gestiftet. Es handelte sich dabei um eine Zisterzienser Abtei, deren Gründer der Abt Robert de St. Martin war. Im Jahre 1197 begaben sich die Äbte von Robertsbridge und

Boxley auf die Suche nach dem verschollenen König Johann Ohneland, den sie in Bayern fanden. (Wenn ich den Vikar richtig verstanden habe, so bezeichnet man mit Bayern die südliche Gegend in Deutschland.) Während dieser Zeit zeigte sich bereits, dass man die Abtei zu nahe an dem Fluss Rother erbaut hatte. Die Abtei wurde immer wieder von Hochwasser bedroht, so dass man sie 1250 näher nach Robertsbridge verlegte. Das Kloster muss sehr angesehen gewesen sein, denn sowohl Heinrich III als auch Eduard II besuchten es. Doch gegen Ende des 14. Jahrhunderts setzt dann wie überall der Niedergang ein. Zur Zeit der Klosterauflösung im Jahre 1538 leben noch 12 Mönche dort. Nach wechselnder Nutzung wurde der Klostergrund dann an Sir William Sydney verkauft, der Umbauten vornahm und eine Schmiede einrichtete. Doch auch dies ist bereits wieder Vergangenheit, denn nach dem Tode des letzten Erben von Sir Sydney sind die Gebäude verwaist.

An dieser Stelle ungefähr wurde unser Männergespräch durch das Erscheinen von Mrs. Forrester und Mary, die Tee und Gebäck brachten, unterbrochen. Während der Anwesenheit der Damen griff der Vikar seine vorherige Schilderung nicht wieder auf, sondern widmete sich lieber großzügig dem dargebotenen Gebäck. Und nach dem Tee verabschiedete er sich dann recht zügig, da er, wie er sagte, noch die Predigt für den Sonntagsgottesdienst vorbereiten musste.

Nach diesem äußerst anstrengenden Besucher war ich froh, dass die nächsten Tage ruhiger verliefen. Ich habe viel geschlafen, davon oftmals im Liegestuhl, den man für mich in den Garten gestellt hatte. Gelegentlich ging ich auch mit Mary spazieren, wobei wir jedoch kaum das Anwesen verließen, da ich bei körperlicher Anstrengung durchaus noch meine Schwäche spürte. Doch nun hat die wohltuende Ruhe und Erholung Wirkung

gezeigt, denn ich fühle meine Kräfte zurückkehren. Die Spaziergänge werden langsam länger und ich bin auch schon Angeln gegangen, wenngleich mit mäßigem Erfolg.
Gestern Abend hatten wir dann Besuch von unseren Nachbarn Mrs. und Mr. Welling. Ihre freundliche und hilfsbereite Art, wie auch der respektvolle und liebevolle Umgang miteinander, spricht sehr für dieses nette Paar.
Nach dem Dinner beschlossen die Damen noch einen Kaffee einzunehmen, während ich mich mit Mr. Welling in das Arbeitszimmer des seligen Mr. Forrester zurückzog, um bei einem Whisky und einer guten Pfeife den Abend ausklingen zu lassen. Schon bald waren wir in ein angeregtes Gespräch über ein paar Kriminalfälle vertieft. Mr. Welling ist, wie der Vikar, ein begeisteter Verehrer Ihrer Deduktionskunst und es wäre ihm ein Herzenswunsch, Ihnen persönlich zu begegnen. Er brachte diese Bitte mit so viel Wärme und Begeisterung vor, dass ich ihm zusagte, er solle, wenn er in London sei, einfach mal in der Baker Street vorbeischauen. Ich hoffe, Sie zürnen mir deswegen nicht. – Natürlich wurde auch ich von ihm für meine literarischen Schilderungen gelobt. Und da ich befürchtete, er würde in all seinen Lobreden kein Ende mehr finden, lenkte ich das Gespräch geschickt auf seine Arbeit. Ihm gehört, wie ich eingangs bereits erwähnte, eine Tintenmanufaktur. Und obwohl Hastings selber keinen Hafen besitzt, betreibt er dennoch Exportgeschäfte zum Kontinent. Wie mir Mr. Welling bestätigte, ist dieser Markt schwer zu erobern. Transportkosten und Einfuhrzölle erschweren den Handel, gar nicht zu sprechen von den Transportschäden, die beim Übersetzen auf das Festland oft entstehen. Und die Konkurrenz auf dem Kontinent will sich von ihm natürlich auch nicht verdrängen lassen. Daher ist Mr. Welling sehr erleichtert, dass er seit zwei Jahren auch die Druckereien ihrer Majestät

beliefert. Lachend wies er mich darauf hin, dass nicht nur meine Geschichten im Strand Magazine, sondern auch jedes Aktienpapier und jede Fünf - Pfundnote, die ich jemals in Händen halten würde, mit seiner Tinte gedruckt sei.

Als wir uns dann wieder zu den Damen gesellten, stellten wir fest, dass auch diese sich bestens unterhalten hatten. Mrs. Welling hatte, wie mir Mary später beim zu Bett gehen berichtete, äußerst liebevoll von ihrem Sohn Robert erzählt. Der Knabe ist zehn Jahre alt und hatte bis vor kurzem auf dem Anwesen seiner Eltern gelebt. Doch hielten die Eltern diesen Zustand nicht mehr für tragbar, wenn man für das Kind das Beste wollte. Außer seiner Hündin Chelsea hatte der Junge weder Freunde noch Spielkameraden. Er war stets nur umgeben von Erwachsenen, was für seine Entwicklung, so fürchteten die Eltern, eventuell nicht gut war. Daher hatten sie Robert, wenn auch schweren Herzens, in einem Internat untergebracht. Sie hatten sich für ein kleines Internat in der Nähe von Tonbridge. entschieden, da es auf sie einen sehr guten Eindruck machte und Tonbridge nur zwanzig Meilen von Robertsbridge entfernt ist. Mrs. Welling erinnerte sich noch gut daran, welch ein Schmerz ihr durch das Herz fuhr, als sie sich von ihrem Kind verabschiedete. Ihrem Mann sei es nicht anders gegangen, sie hatte gesehen, wie sehr er um seine Fassung ringen musste. Doch jetzt freuten sich beide darauf, Robert schon bald in die Arme schließen zu können. Zwar würden die Schulferien offiziell erst Ende Juli beginnen, doch hatte der Direktor des Internats vorgeschlagen, dass Robert eher nach Hause kommen solle, da er noch unter den Folgen einer schweren Influenza litt und er sich unter der Fürsorge seiner Eltern sicherlich schneller hiervon erholen würde. Sie hatten geplant, Robert zu überraschen und ihn am 2. Juli gemeinsam mit der Kutsche abzuholen.

Mary und ich sind der Ansicht, dass es sich bei Robert Welling, insofern er nur ein wenig nach seinen Eltern gerät, um ein äußerst liebenswertes Kind handelt. Nun ja, wir werden in der nächsten Woche ja Gelegenheit haben uns davon zu überzeugen.
Sie sehen also mein lieber Freund, dass ich das Nichtstun in dieser idyllischen und etwas verschlafenen, ländlichen Gegend äußerst genieße. Ich hoffe, dass auch Sie sich gut erholt haben und sich bald wieder neuen Problemen widmen können.
Also dann bis bald und liebe Grüße von Ihrem alten Freund

John Watson.

P.S.: *Als ich Mary sagte, dass ich Ihnen schreibe, wies sie mich an Ihnen liebe Grüße von ihr auszurichten, was ich hiermit tue.*

Mein zweiter Brief an Holmes

Robertsbridge, 3. Juli 1890

Mein lieber Holmes,

sicherlich werden Sie erstaunt sein bereits so rasch ein weiteren Brief von mir zu erhalten. Aber in der Zwischenzeit sind hier einige äußerst seltsame Dinge geschehen, die mich gezwungen haben, meine anfängliche Meinung über Robertsbridge und seine Bewohner zu revidieren. Friede und Beschaulichkeit sind verschwunden und haben dafür Bedrohung und Angst Platz gemacht. Aber eventuell reagiere ich auch nur zu empfindlich und es gibt eine ganz natürliche Erklärung für alles. Vielleicht sind Sie, mein lieber Freund, ja in der Lage, einen Sinn in Allem zu finden. Ich glaube, es wird am besten sein, wenn ich Ihnen einfach chronologisch berichte, was sich seit meinem vorherigen Brief an Sie ereignet hat.
Mrs. Forrester hatte mir erzählt, dass man in der Kirche von Robertsbridge ein einzigartiges Musik–Manuskript aus dem 14. Jahrhundert besichtigen kann. Daher nahm ich mir für den heutigen Tag nun also vor nach Robertsbridge zu wandern und mir dieses Dokument mal anzuschauen. In der Kirche begegnete ich dann dem Vikar und er war nur zu gerne bereit mir das Dokument vorzuführen. Samuel Crane scheint in allem was Robertbridge betrifft sehr bewandert zu sein, denn auch über

dieses Musik–Manuskript hielt er einen langen Monolog. Sehr wahrscheinlich handelt es sich bei den Noten um ein Dokument aus dem Jahre 1360. Es ist in seiner Art einzigartig, da es die früheste, speziell für Tastaturinstrumente geschriebene Musik enthält. In der musikalischen Fachwelt ist es daher auch als der Robertsbridge Codex bekannt. – Sicherlich hätte der Vikar seine Ausführung noch erweitert, doch dann schlug die Kirchturmuhr die Mittagsstunde und Samuel Crane konzentrierte sich schlagartig auf die Mahlzeit, die zuhause auf ihn wartete. Zu seiner Ehrenrettung muss ich allerdings gestehen, dass er mich ebenfalls zum Essen einlud. Doch war mein Bedarf an diesem sehr redseligen Mann bereits vollauf gedeckt und auf eine weitere Neuauflage konnte ich wahrlich verzichten. Daher lehnte ich unter dem Vorwand, eine Verabredung mit den Wellings zuhaben, dankend ab. – Übrigens, falls Sie lieber Freund dieser Robertbridge Codex näher interessieren sollte, so können Sie sich eine Reise in diese Einöde ersparen. Wie mir Samuel Crane am Ende seiner Ausführungen mitteilte, handelt es sich bei dem von ihm vorgeführten Dokument um eine Abschrift. Das Original befindet sich in London und zwar im Britischen Museum. Wäre mir diese Tatsache bekannt gewesen, so hätte ich die Kirche nicht aufgesucht. Zwar ist diese durchaus sehenswert, aber das Risiko den Vikar zu treffen und seinen Redeschwall über sich ergehen lassen zu müssen, ist zu hoch.

Nachdem ich die Kirche verlassen hatte, ging ich die High Street entlang. Bei den Häusern des Dorfes handelt es sich zu meist um Gebäude aus dem 14. Jahrhundert, was man nicht nur aus dem Baustil ersieht, sondern auch an dem benutzten Baumaterial festmachen kann. Nach dem Niedergang der Kirche wurde die Abtei so gut man konnte ausgeschlachtet, so dass man überall Steine und Bögen der alten Abtei wiederfindet, gleichsam stummen

Zeugen, die an eine blutige und unrühmliche Vergangenheit erinnern.
Da ich die High Street in südlicher Richtung entlang ging, musste ich unweigerlich zu dem Anwesen der Wellings gelangen. Irgendwie war mir nicht ganz wohl dabei, den Vikar belogen zu haben, und so beschloss ich kurzerhand Mrs. Welling einen Besuch abzustatten und mich nach ihrem Knaben zu erkundigen.
Mrs. Welling empfing mich im Salon und obwohl es ein strahlender Sommertag war, herrschte in diesem Raum eine eisige Kälte, die mich frösteln ließ. Dies lag zum einen sicherlich an den vorgelegten Fensterläden, die, wie es schien, jeden Sonnenstrahl daran hinderten sich einen Weg ins Innere zu bahnen. Doch war dies nicht der einzige Grund für das Unbehagen, dass ich in diesem Raum empfand. Irgendwie erschien mir Mrs. Welling, die ich als äußerst lebensfrohe Person kennengelernt hatte, nun sehr zurückhaltend und nüchtern, ja schon fast abweisend. Ihre Begrüßung verlief durchaus liebenswürdig, doch wirkte ihre Freundlichkeit mir gegenüber gezwungen. Als ich mich dann danach erkundigte wie es ihrem Sohn Robert denn im Internat gefallen habe, sah ich, wie sich ihre Haltung versteifte und sich ihre Augen mit Tränen füllten. Gleichzeitig wanderte ihre rechte Hand, die sie zur Faust geballt hatte, an ihre Lippen. Mit starrem Blick biss sie nahe ihrem Handknöchel in ihren Zeigefinger. Erst der Schmerz schien ihr meine Gegenwahrt wieder zu Bewusstsein zu bringen, denn plötzlich blickte sie mich wie ein gejagtes Tier an, fuhr hoch und eilte mit den Worten „Entschuldigen Sie mich." aus dem Zimmer. Ich hatte mich erhoben und stand nun allein und unschlüssig im Salon. Der Anstand verbot es, der Dame in ihre Räume zu folgen, andererseits machte ich mir Sorgen aufgrund des seltsamen Benehmens. Doch bevor ich mich zu einem Entschluss durchgerungen hatte, betrat bereits ein Diener den

Salon und teilte mir mit, dass die Dame des Hauses sich leider unpässlich fühle und ich meinen Besuch doch auf später verschieben solle. Freundlich, aber bestimmt, geleitete man mich zur Haustür. Dort lief ich fast in Mr. Welling hinein, der gerade das Haus betrat. Auch er begrüßte mich freundlich, aber reserviert. Als er sich nach dem Grund meines Besuches erkundigte, antwortete ich ihm wahrheitsgemäß, dass ich mich hatte erkundigen wollen, wie es Robert im Internat gefallen habe. Wenn er auch nicht so heftig wie seine Frau reagierte, so bemerkte ich doch, wie bleich er geworden war. Als ich ihm dann das merkwürdige Verhalten seiner Frau schilderte, sah ich wie sich seine Augen verengten und die Pupillen aufgeregt hin und her wanderten. Dabei ballte er seine Hände so stark, dass die Knöchel weiß hervortraten. Auf seinen blassen Wangen zeichneten sich zwei hektische rote Flecken ab und ich erwartete nach diesen Vorzeichen einen cholerischen Wutausbruch. Doch dann schien sich Mr Welling zu entspannen und mit gespieltem Gleichmut berichtete er mir, dass Robert auf dem Internat eine Verfehlung begangen habe, die man dadurch ahndete, dass er noch nicht vorzeitig in die Ferien entlassen worden war. Verständlicherweise wären sie als Eltern darüber nicht erfreut gewesen und seiner Frau würde jetzt natürlich schnell das Herz schwer werden, wenn sie an den Knaben dächte. - Dieser Aspekt war natürlich durchaus nachvollziehbar und es tat mir nun aufrichtig leid, unwissend solchen Schmerz verursacht zu haben. Mit einer Entschuldigung und meiner Empfehlung an seine Gattin verließ ich daraufhin Mr. Welling.

Als das Anwesen der Wellings hinter mir lag, schwirrte mir stets die Frage durch den Geist, ob diese angespannten und verschlossen Menschen wirklich das liebenswerte und herzlich offene Ehepaar waren, dass ich vor vier Tagen kennengelernt hatte. Konnte der Umstand, dass Robert sich auf dem Internat falsch verhalten hatte wirklich eine solche Wesensänderung bewirken? Und wenn dem so war, was mochte dann diese Verfehlung gewesen sein? Erfüllt von diesen Fragen, hatte ich den Wunsch in Ruhe meine Gedanken zu ordnen. Daher zweigte ich von der High Street in Richtung Osten ab und überquerte eine alte Brücke. Auf der gegenüberliegenden Uferseite angelangt erblickte ich die Ruinenreste der ersten Abtei. Ich wollte mich gerade dorthin begeben, als ich ein leises Wimmern hörte. Ich folgte dem Geräusch und entdeckte eine schwarzgekleidete Frau, die sich unter der Brücke aufhielt, die ich soeben überquert hatte. Als ich näher kam, bemerkte ich, dass die Frau auf die Knie gesunken war und einen Blumenkranz ins Wasser warf. Dann fing sie an, ein Kinderlied zu summen, wobei sich ihr Oberkörper langsam hin und her wiegte. Als ich die Frau bemerkt hatte, fürchtete ich, dass sie vielleicht Hilfe benötigte. Doch nun, wo ich ihr recht nahe war, hatte ich eher das Gefühl als würde sie irgendein Ritual vollziehen. Da ich mir wie ein Eindringling vorkam, beschloss ich mich leise zurück zuziehen. Doch da hatte sie meine Gegenwart bereits bemerkt und sprach mich an. Das Gespräch mit dieser Frau war so merkwürdig und verworren, dass ich es indirekt und zusammengefasst nicht niederschreiben könnte. Daher werde ich versuchen es so gut es geht wortgetreu wiederzugeben.

„Gott zum Gruße, fremder Herr. Was machen Sie hier?“

„Mein Name ist Dr. Watson. Ich bin mit meiner Frau bei Mrs. Forrester zu Besuch. Und an diesem schönen Sommertag habe ich beschlossen, die Ruine zu besuchen. Und wer sind Sie, Madam?“ Während ich diese Worte zu der Frau sprach, war ihr Blick starr auf das Wasser des Flusses gerichtet. Sie mochte gut Mitte vierzig sein, doch war eine genauere Bestimmung ihres Alters aufgrund

ihrer hageren Statur und dem schon weißen Haar kaum möglich. Ohne auf meine Frage einzugehen, sagte sie plötzlich:

„Ich habe meinem kleinen Georgie Blumen gebracht. Dabei weiß ich gar nicht, ob er jetzt, wo er doch im Himmel wohnt, überhaupt Blumen von der Erde will. Ich meine, im Himmel sind die Blumen doch bestimmt noch schöner, oder Sir?“

Sowohl ihr wirres Reden, als auch ihr Äußeres und die weit geöffneten Pupillen verrieten mir, dass diese Frau entweder unter einem Opiat stand oder geistig verwirrt war. Daher gab ich ihr eine Antwort, die ihrer Gemütsverfassung angepasst war:

„Auf jeden Fall wird sich ihr Georgie über ihre Blumen freuen.“

„Ja, das denke ich auch. Er war immer so ein liebes Kind – ist es auch jetzt noch. Hat mich erst vor kurzem vor dem Satan mit seiner Karre gerettet.“

Da die Frau mein Mitleid erregte, versuchte ich die Unterhaltung noch ein wenig weiterzuführen, egal wie unsinnig sie sein mochte. Zu oft hatte diese Frau bestimmt schon erlebt, dass ihre Gesprächspartner nach einer Äußerung von ihr das Weite suchten und sie fortan mieden. Daher frug ich:

„Wie hat Georgie Sie denn gerettet?“

„Nun, Sir, vorgestern Nacht war ich auch hier um meinen Georgie in den Schlaf zu singen. Wissen Sie Sir, er hat im Dunkeln immer Angst gehabt. Und als ich so singe, da höre ich lautes Hufgetrappel über mir. Zunächst dachte ich es wären die Apokalyptischen Reiter, die gekommen sind um das sündige Robertbridge dem Erdboden gleich zu machen. Doch dann höre ich das Rattern des Karren und weiß, es ist der Satan selbst, der gekommen ist. Er sammelt arme Seelen ein und pfercht sie in seinen Karren. Und wenn der Karren voll ist, geht es ab in die Hölle.“

Obwohl mir, wie bereits erwähnt, vollkommen klar war, dass es sich bei dem Gerede der armen Frau um die Wahnvorstellungen eines kranken Geistes handelte, frug ich sie:

„Und Sie meinen, der Teufel wollte auch sie holen?“

„Ganz gewiss, Sir! Der Wagen blieb ja über mir stehen und ich hörte schon das wilde Getrampel des Teufels auf den alten Planken. Doch dann zerriss ein herzzerreißender Hilferuf die Luft. Erst dachte ich, dass mein Georgie mir aus dem Wasser entgegenrief. Doch dann begriff ich was er tat, er rief die anderen Engel im Himmel um Hilfe an, mir beizustehen. Da sank ich auf die Knie nieder und betete ein Stoßgebet nach dem anderen. Mir wurde ganz flau dabei und irgendwann muss ich dann ohnmächtig geworden sein. Denn als ich erwachte, lag ich ausgestreckt, aber unversehrt am Boden.“

„Und der Karren des Teufels, was war mit dem geschehen?“, frug ich.

„Der war natürlich weg. Gegen die Macht der Engel und das Gebet einer frommen Seele kann der Satan nicht bestehen.“

Während ihrer Schilderung war sie lebhafter geworden und zeigte einen gewissen Fanatismus, der mir als Krankheitsbild nicht fremd war. Irgendwie hatte ich das Gefühl, mich um sie kümmern zu müssen, daher frug ich sie:

„Ich will jetzt wieder ins Dorf gehen. Wollen sie mich nicht begleiten?“

„Nein Danke, Sir. Ich bleibe noch ein wenig bei meinem Georgie.“

Mit diesen Worten fing sie wieder an, sachte ihren Oberkörper zu wiegen und dabei ein altes Kinderlied zu summen. Sie hatte das Ritual, dass ich vorhin unterbrochen hatte, wieder aufgenommen. Ich wusste, dass ich nun keinen Kontakt mehr mit ihr aufnehmen konnte und so trat ich bedrückt den Heimweg an.

Als ich an der einzigen Schänke des Dorfes, dem „The Seven Stars Inn" vorbeikam, beschloss ich hineinzugehen und mir einen Whisky zu genehmigen. Ich glaube, den Drink hatte ich wirklich nötig, denn der Wirt, ein gewisser Peter Hunt, äußerte so etwas mir gegenüber. Von ihm erhielt ich übrigens noch einiges Wissenswertes, das ich am unverfälschten wiedergebe, wenn ich es, soweit er mir noch in Erinnerung ist, im Wortlaut notiere. Ich hatte also gerade mein Glas geleert, als Mr. Hunt bemerkte:

„Entschuldigen sie, Sir, aber ich glaube, den Whisky hatten Sie bitter nötig. Sahen ein wenig blass aus, als Sie rein kamen. Wollen Sie noch einen? Auf einem Bein steht es sich schlecht."

„Nein danke", erwiderte ich, „aber einen Krug Bier hätte ich gerne und schenken Sie für sich auch einen Krug ein."

„Oh, vielen Dank Sir. Da erkennt man den Gentleman aus der Stadt. Sie sind bestimmt der Besuch von Mrs. Forrester, nicht wahr?"

„Ganz richtig."

„Habe ich mir schon gedacht als Sie reinkamen. Kenne hier schließlich jeden. Und ein Fremder, der dann auch noch so generös ist, das muss der Gentleman aus London sein, von dem alle reden."

Erstaunt sah ich mein Gegenüber an.

„Das müssen Sie uns hier auf dem Land nachsehen, Sir. Weiß einer was Neues, dann wissen es bald alle. Als der Vikar wusste, dass Sie der Freund des bekannten Detektives Sherlock Holmes sind, verbreitete sich diese Nachricht rasend schnell."

„Sagen Sie, Mr. Hunt ...."

„Peter, Sir. Sagen Sie einfach Peter, dass tun hier alle."

„Also schön, Peter. wo Sie doch so gut informiert sind, kennen sie da vielleicht auch eine Frau Mitte Vierzig mit weißem Haar? Ich sah sie unter der Brücke, die zur Ruine der alten Abtei führt."

„Ja, das ist Esther Brown. Sie ist die Frau von George Brown, der hier in Robertsbridge ein Kolonialwarengeschäft betreibt."

„Sagen Sie Peter, wissen Sie, wen sie mit Georgie meinen könnte?"

„Aber sicher, das war ihr Sohn, der kleine George. Der ist vor fast 15 Jahren im Fluss ertrunken. War als er starb kaum älter als neun Jahre. Hat bei der Ruine und der Brücke immer gerne gespielt, obwohl es ihm verboten war. Als der Fluss damals Hochwasser hatte, ist er beim Rumtollen auf den Steinen ausgerutscht und ins Wasser gefallen. Das war damals ein schwerer Schlag für Esther und George."

„Ja, das kann ich mir gut vorstellen."

„Und besonders Esther hat sich Vorwürfe gemacht. Wissen Sie Sir, man soll ja nichts Schlechtes über andere Leute reden, aber Esther war damals wie nichts Gutes hinterm Geld her. Sie hat darauf bestanden im Geschäft ihres Mannes selbst mitzuarbeiten, um auf eine Hilfskraft verzichten zu können. Ihr Traum war es, genug Geld zu sparen, um Georgie eine gute Ausbildung und somit eine gesicherte Zukunft zu ermöglichen. So war sie also selten zuhause und Georgie oft sich selbst überlassen. Das hatte Esther zwar nicht gewollt, aber es lief letztendlich doch darauf hinaus. Als dann das Unglück geschah, machte Esther sich die schlimmsten Vorwürfe und suchte die Schuld bei sich. Damals befürchteten wir alle, dass sie vielleicht selber ins Wasser gehen würde. Doch dann hat sie viel in der Bibel gelesen und das scheint ihr Halt gegeben zu haben. Allerdings ist sie manchmal ein wenig ...naja, wie soll ich sagen, ... seltsam."

Mit diesen Worten eilte er an das andere Ende des Schanktresen, um die Krüge zweier weiterer Gäste aufzufüllen. Währenddessen hing ich meinen eigenen Gedanken nach. Nachdem was der Wirt mir berichtet hatte, gab das Gerede der armen Frau nun immerhin einen gewissen Sinn. Ich empfand für sie aufrichtiges Mitleid und spürte dabei gleichzeitig ein Gefühl der Hilflosigkeit und Wut. Diese Empfindung beschlich mich stets, wenn ich als Arzt einem Patienten gerne helfen wollte, es aber nicht vermochte, da es sich bei dem Patienten um einen hoffnungslosen Fall handelte.

Ich war noch in Gedanken, als der Wirt sich wieder zu mir gesellte und das Gespräch von vorhin fortsetzte.

„Der alte George hätte Esther schon längst in eine Anstalt einweisen können, aber er will sie nicht einfach abschieben. Wenn man ihn darauf anspricht, sagt er stets, dass er damals vor Gott geschworen habe, ihr beizustehen, in guten wie in schlechten Tagen. So behält er sie also zuhause, doch dann und wann gelingt es ihr sich heimlich davonzustehlen und dann geht sie an den Ort, wo Georgie den Tod fand. Ja, das ist schon tragisch. – Oh, Sir. Ich sehe Sie haben ihren Krug geleert. Möchten Sie noch einen?“

Irgendwie war mir noch nicht danach aufzubrechen und daher wies ich den Wirt an, mir und ihm erneut einen Krug zu füllen. Während er dies tat, dachte ich an die Zeit meines Medizinstudiums zurück. Es war damals Pflicht ein viertel Jahr in einer öffentlichen Nervenheilanstalt zu arbeiten. Dort, wo ich Dienst hatte, herrschten menschenunwürdige Zustände und die medizinischen Versuche, die an den hilflosen und verwirrten Patienten angestellt wurden, waren meines Erachtens barbarisch. Obwohl es für mich nur eine kurze und absehbare Zeit war, die ich dort arbeitete, konnte und wollte ich die Zustände nicht akzeptieren. Mein Widerstand und die Beschwerden, die ich vortrug, hätten mich beinahe meine bevorstehende Promotion gekostet. Das es dazu nicht kam verdankte ich nur meinem Doktorvater Dr. Bell aus Edinbugh, der für mich energisch eingetreten war.

Ich war noch in Gedanken versunken, als der Wirt bereits mit zwei neuen Krügen vor mir stand und mich frug:

„Und Sir, haben Sie auch schon die drei Mönche gesehen?“

Erstaunt sah ich mein Gegenüber an.

„Aha, offensichtlich nicht. Nun Sir, seit dem letzten Vollmond, also seit Sonntag, sind sie stets auf dem kleinen Hügel bei der Auffahrt zur Abtei erschienen.“

„Drei Mönche?“, frug ich ungläubig.

„Ja, Sir. Natürlich keine gewöhnlichen Mönche, sondern die Geister der drei Mönche, die bis zu Letzt ausharrten. Die Legende erzählt, dass man sie damals mit Gewalt von der Abtei verjagte und sie so lange hetzte und schlug, bis sie tot umfielen. Seitdem kommen ihre ruhelosen Seelen stets um Unheil anzukünden.“

Während seiner Erzählung hatte der Wirt ein äußerst ernstes und würdevolles Gesicht aufgesetzt, um seinen Worten Wirkung zu verleihen. Ich musste mich redlich bemühen, nicht zu schmunzeln oder gar zu lachen. Da ich die Gefühle des freundlichen Wirtes nicht verletzen wollte, bemühte ich mich ihm den Eindruck zu vermitteln, mich für diese übernatürlichen Dinge zu interessieren und setzte daher das Gespräch hierüber fort.

„Und sie haben diese Mönche auch schon gesehen, Peter?“

„Oh, ja Sir! Es sind drei Mönche mit weißen Kutten. Die wandern den Hügel entlang und schwenken dabei ihre Fackeln, die sie in Händen halten.“

„Mmmh, und wann erscheinen diese Mönche?“

„Nun, Sir. Man sieht sie stets nur bei Nacht, besonders in Vollmondnächten. Manchmal erscheinen sie auch noch in den Nächten nach Vollmond. Wenn jedoch der Neumond über den Vollmond siegt, ist es stets mit dem Spuk vorbei.“

„Und wie lange sieht man diese Mönche?“

„Oh, das ist unterschiedlich. Manchmal nur ganz kurz, aber manchmal auch wohl fast zwei Stunden lang. Genau kann das niemand sagen, denn jeder, der sie erblickt, hält sich von ihnen fern.“

„Und warum?“

„Aber Sir, das habe ich Ihnen doch bereits gesagt, sie bringen Unheil. Wer ihnen zu nahe kommt, der wird verflucht. Da war zum Beispiel der alte Thomas Kryle, ein bodenständiger Mann, kräftig wie ein Ochse. Ich erinnere mich noch an ihn, als wäre es gestern gewesen. Dabei ist es schon Jahre her, als er die Warnungen seiner Nachbarn bezüglich der Mönche nicht ernst nahm. Wollte sonntags unbedingt sein Scheunendach reparieren, obwohl seine Scheune nahe beim Hügel lag, auf dem man die Mönche gesehen hatte. Und was passierte?“

Hier legte der Wirt eine bedeutungsvolle Pause ein und sah mich erwartungsvoll an.

„Nun?“, frug ich.

„Nun, es zog ein Gewitter auf und ihn traf auf dem Dach der Blitz. War auf der Stelle mausetot, der arme Kerl.“

„Naja, ...“, begann ich, kam aber nicht weiter, denn Mr. Hunt setzte seine Erzählung schauriger Begebenheiten fort.

Da es keinen Sinn hatte ihn zu unterbrechen, ließ ich ihn eine Zeit lang gewähren. Als er dann meinte, mir genug „Beweise“ für den Fluch der Mönche geliefert zu haben, entgegnete er abschließend:

„Aber ganz egal, wie das mit dem Fluch auch sein mag, für mich hat es auf jeden Fall was Gutes, Sir.“

„So, inwiefern denn?“, frug ich interessiert.

„Nun Sir. Wenn die Menschen Angst haben, sind sie lieber in Gesellschaft und suchen Ablenkung. Die können sie daheim nicht finden und so kommen sie in meine Schänke. Während alle sich

vom Hügel fern halten und einen Fluch befürchten, empfinde ich diese drei Mönche als Segen."
Mit diesen Worten lachte er mir vergnügt zu und wir stießen ein letztes Mal gemeinsam an. Anschließend machte ich mich auf den Weg zu Mrs. Forrester´s Landsitz, wo ich bereits sehnsüchtig erwartet wurde.
Nun, wo ich die Ereignisse des heutigen Tages notiert habe, frage ich mich, ob es richtig ist Sie damit zu behelligen. Wahrscheinlich messe ich den Dingen einfach viel zu viel Bedeutung zu, was ja leicht passiert, wenn man zu viel freie Zeit hat. Ich wünschte, Sie wären hier und würden mein aufgewühltes Gemüt, das Unheil spürt, besänftigen!
Nun ja, morgen will Mrs. Forrester mit Mary und mir für zwei Tage nach Hastings fahren. Vielleicht wird diese Zerstreuung bereits all mein Unbehagen verjagen.
Also dann bis bald, Ihr

John Watson

P.S.: Damit Sie sich die Gegend besser vorstellen können, habe ich eine Skizze beigefügt.

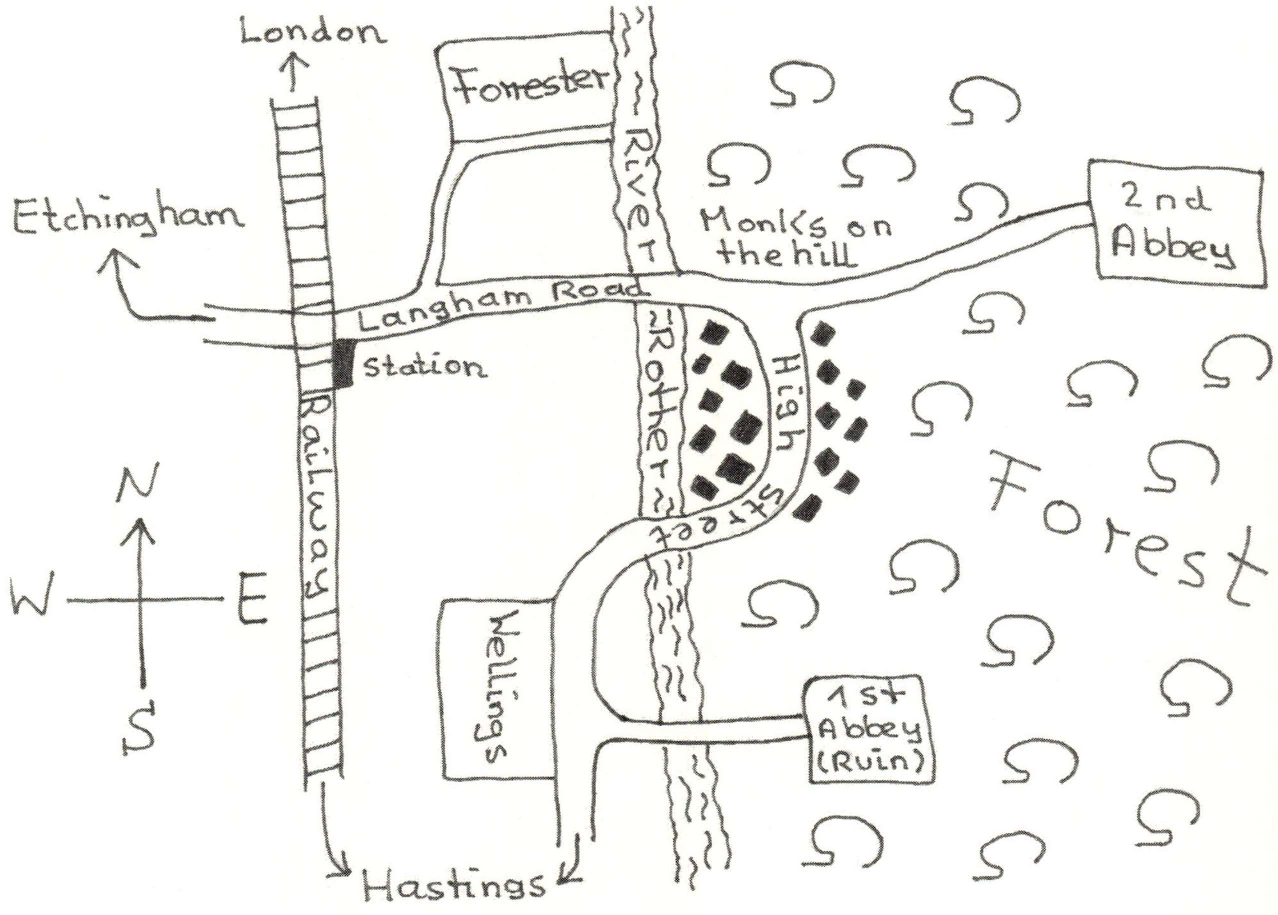
London
Forrester
Etchingham
River
Monks on the hill
2nd Abbey
Langham Road
Station
Railway
Rother
High Street
Forest
N
W
E
S
Wellings
1st Abbey (Ruin)
Hastings

Der Zigeuner

Der Aufenthalt in Hastings hatte wirklich eine äußerst beruhigende Wirkung auf meinen Gemütszustand. Während Mrs. Forrester die Tage überwiegend bei ihren Bekannten zu brachte, unternahmen Mary und ich ausgedehnte Strandspaziergänge an dem fast drei Meilen langen Strand. Während einer unserer Ausflüge setzte die Flut ein, was zur Folge hatte, das sich der ohnehin schon sehr schmale Strand noch weiter verengte. Ich frug mich, wie die Fischer es wohl schafften, alle ihre Netze hier zu trocknen. Und als wenn jemand meine stille Frage gehört hätte, öffnete sich plötzlich eine Tür in einer der hohen Bretterhütten, von denen es hier am Strand reichlich gibt. Ein Blick genügte mir um festzustellen, dass die Fischer in diesen Hütten ihre Netze zum Trocknen aufhängen. Daher nennen die Einheimischen diese Bretterhütten auch net-shops, wie mir später erklärt wurde.

Oft flanierten wir auch auf der Seebrücke und genossen dabei Sonne, Wind und Meer. Trotz dem geschäftigen Treiben der Fischer und Händler herrschte auch hier eine ruhige und verträumte Atmosphäre.

An unserem ersten Abend in Hastings spielten wir mit den Bekannten von Mrs. Forrester Bridge, und am zweiten Abend besuchten wir einen öffentlichen Vortrag über die Fauna und Flora Australiens. Die Idee, diesen Vortrag zu besuchen, kam von Mrs. Forrester, denn sie interessiert sich sehr für diesen weitgehend unbekannten Erdteil. Der selige Mr. Forrester hatte früher viele Jahre in Australien verbracht und seiner Frau so viel davon vorgeschwärmt, bis auch sie sich an seiner Leidenschaft infiziert hatte. Ich war zunächst ein wenig skeptisch, ob es wirklich eine gute Idee wäre, diesen Vortrag mit den Damen zu besuchen. Doch muss ich gestehen, dass die dargebotene Vorstellung wirklich sehr interessant und unterhaltsam war. Dies lag in erster Linie daran, dass man nicht nur Exponate getrockneter Pflanzen und ausgestopfter Tiere zeigte, sondern unter Einsatz modernster Technik ein anschauliches und lebendiges Bild dieses seltsamen Kontinents erzeugte. Dies geschah mit Hilfe einer Laterna magica, von der ich zwar bereits gelesen, sie jedoch noch nicht im Einsatz erlebt hatte. Die Bilder wirkten wirklich sehr naturgetreu, und bei manchem Tier oder Eingeborenen war man versucht, danach greifen zu wollen, so real erschienen sie einem.

Als wir am Sonntag den 6. Juli mit dem Zug nach Robertsbridge zurückkehrten, war all das Unbehagen, das mich die letzten Tage gequält hatte, wie verflogen. Wir waren die einzigen Reisenden, die in Robertsbridge ausstiegen. Und da es anfing zu regnen, beeilten wir uns, in die für uns bereitstehende Kutsche zu steigen. Trotz aller Eile fiel mir ein ziemlich schäbig aussehender Zigeuner auf, der am Bahnhof herum zu lungern schien. Er trug einen alten verbeulten Hut, dessen Krempe schon an mehreren Stellen eingerissen war. Anstelle eines Zierbandes besaß dieser Hut eine geflochtene Kordel, an der Federn, Hühnerknochen, Krähenbeine und eine Hasenpfote als Schmuck befestigt waren. Unter dem Hut ragten lange, schwarze, verfilzte Haare hervor. Das Gesicht, soweit man es ausmachen konnte, war stark gebräunt. Der Rest bestand aus einem gewaltigen, schwarzen, ungepflegten Bart und buschigen Augenbrauen, unter denen dunkle Augen hinterhältig und listig funkelten. Um seinen Hals hing verknotet ein gelbes Tuch mit schwarzen Tupfen. Das rote Hemd und die braune Hose,

welche er trug, wiesen Risse auf und waren verdreckt. Er hatte die Ärmel des Hemdes hochgekrempelt, so dass man seine dreckigen Arme sehen konnte. Um seine Handgelenke hatte er engansitzende Ledermanschetten geschnürt. Über dem Hemd trug er eine braune Weste aus einem nicht mehr identifizierbaren Tierfell. Den unteren Abschluss dieser abstoßenden Kreatur bildeten seine hohen Schnürstiefel, deren Leder bereits brüchig wurde und durch deren Ösen, anstelle eines Schuhbandes, ein einfaches Tau gezogen worden war.
Meiner Ansicht nach zeigte dieser Kerl entschieden zu viel Interesse an unseren Reisetaschen. Ich war daher froh, als wir wohlbehalten in der Kutsche saßen, die uns zu Mrs. Forrester brachte.
Dort angekommen suchten wir unsere Räume auf, um uns für das Dinner umzuziehen. Während ich darauf wartete, dass Mary fertig werden würde, blickte ich aus unserem Fenster im ersten Stock. Der bei unserer Ankunft einsetzende Regen war mittlerweile zu einem heftigen Gewitter mit Blitz und Donner angeschwollen. Ich traute daher meinen Augen kaum, als ich am Zaun, der das Anwesen umgab, die Gestalt eines Mannes wahr nahm. Wer würde sich bei einem solchen Unwetter ungeschützt im Freien aufhalten? In der festen Annahme, einer Sinnestäuschung erlegen zu sein, wollte ich mich bereits vom Fenster abwenden, als ein greller Blitz den schwarzen Abendhimmel durchzog und die Gestalt am Zaun hell erleuchtete. Es war der Zigeuner, den ich am Bahnhof gesehen hatte. Was hatte das zu bedeuten? Warum trieb sich dieser Kerl bei einem solchen Unwetter hier herum? – In diesem Augenblick spürte ich, wie Mary ihre Hand auf meinen Arm legte und mich mit leicht besorgter Stimme frug:
„Stimm etwas nicht, John?"

Ich drehte mich zu ihr um, nahm sie fest in die Arme und entgegnete ihr:

„Nein, mein Liebes, es ist alles in Ordnung. Ich dachte nur, ich hätte jemand draußen am Zaun stehen sehen.“

Als ich dies sagte versuchte ich meiner Stimme einen möglichst unbekümmerten Klang zu verleihen.

„Bei diesem Unwetter?“, frug Mary überrascht, wobei sie ungläubig aus dem Fenster blickte. „Du musst dich geirrt haben, John.“

„Ja, das denke ich auch. Komm lass uns nach unten gehen.“

Mit diesen Worten machten wir uns auf den Weg zum Speisesaal, wo uns Mrs. Forrester bereits erwartete.

Während und auch nach dem Dinner fiel es mir schwer mich auf die Konversation mit den Damen zu konzentrieren. Ständig trat das Bild des Zigeuners vor meinem inneren Auge auf. - Erscheinen irgendwo Zigeuner, so ist es stets ratsam, die Augen offen zu halten. Zwar sind sie meistens harmlos und bleiben unter sich, doch ist es leider auch Tatsache, dass viele von ihnen lieber einen Schilling stehlen, als eine Guinea zu verdienen. Und ein einzelner Zigeuner ist immer gefährlich, denn der Grund für eine solche einsame Wanderschaft, ist der Ausschluss aus der Sippe. Auf sich selbst gestellt, hat solch ein Verstoßener eigentlich nur durch Diebstahl die Möglichkeit zu überleben. Diese Situation gefiel mir gar nicht. Andererseits konnte es genauso gut sein, dass der Zigeuner morgen schon wieder fort war. Da ich die Damen nicht unnötig ängstigen wollte, beschloss ich also bis auf weiteres über diesen Zigeuner zu schweigen. Dem Diener würde ich allerdings auftragen die Türen und Fenster doppelt zu überprüfen und ich wusste auch, dass ich zumindest heute Nacht nicht so fest schlafen würde wie sonst.

Ein grausiger Fund

Als der neue Morgen anbrach, versprach es ein prächtiger Sommertag zu werden, ohne Wolken und mit viel Sonnenschein. Das Unwetter von gestern Abend schien vergangen und belanglos, und genauso empfand ich für den unheimlichen und abstoßenden Zigeuner. Gestern Abend hatte mich seine Anwesenheit zwar beunruhigt, doch die Nacht war ereignislos und ruhig geblieben. Und dies bestärkte meine Annahme, dass der Zigeuner sicherlich schon weiter gewandert war, irgendwo hin wo er nicht so auffiel und wo es reichlich leichte Beute für ihn gab.

Nach dem Frühstück beschlossen Mary und ich ein Picknick zu unternehmen. Wir luden auch Mrs. Forrester dazu ein, die jedoch mit dem Hinweis, noch ein paar häusliche Angelegenheiten regeln zu müssen, dankend ablehnte. Es war kurz nach eins, als Mary und ich mit einem gut gefüllten Korb und einer großen Wolldecke in Richtung Robertsbridge loszogen. Wir folgten der High Street und bogen auf Höhe der Wellings östlich ab. Ich hatte mir als Ziel die alte Ruine ausgesucht, da ich wusste, dass Marys Herz beim Anblick dieses wild romantischen Ortes vor Freude schneller schlagen würde. Als wir die Brücke überquerten, warf ich einen schnellen Blick nach unten zum Fluss. Es war noch gar nicht so lange her, da hatte ich hier Mrs. Esther Brown kennengelernt und ihre tragische Lebensgeschichte erfahren. Doch nun war dort unter der Brücke nichts zu sehen außer dem Fluss, der durch die kräftigen Regenfälle der Nacht angeschwollen war.

Wie erhofft, war Mary von der Wahl meines Picknickortes begeistert. Wir breiteten unsere Wolldecke zwischen den Ruinenresten aus und machten es uns gemütlich. Nach einem kleinen Imbiss streckten wir uns auf der Decke aus und gaben uns unseren Tagträumen hin. Die Sonne schien direkt auf uns und wir schlossen die Augen zum Schutze. Ich spürte wie Mary näher an mich ran rückte und sich in meinen linken Arm einkuschelte. Ihr Haupt lag ganz nah an meinem Herzen, während sie ihre linke Hand auf meine Brust legte. Zärtlich streichelte ich ihre Hand mit der meinen. Die Sonne schien immer noch stark auf uns nieder und hüllte uns in eine wohlige, einschläfernde Wärme. Ich hörte das Zwitschern der Vögel, das Plätschern des Flusses und mein Herz war erfüllt von Frieden und Glückseligkeit. Ich spürte, dass Marys Hand mittlerweile schlaff auf meiner Brust ruhte und ihre Atemzüge ganz ruhig und langsam erfolgten. Ein Seitenblick auf sie bestätigte meine Vermutung, dass sie eingenickt war. Ich schmunzelte, streichelte ihr zärtlich eine widerspenstige Locke aus dem Gesicht und schloss erneut die Augen um auch noch ein wenig zu dösen.

Ich weiß nicht, was es war, aber irgendein Geräusch hatte mich geweckt. Noch bevor ich die Augen öffnete wusste ich, dass wir nicht mehr allein waren. Diesen Instinkt, einer Eingebung gleich, die einen vor einer drohenden Gefahr warnt, trifft man bei jedem Soldaten an, der Feindberührung hatte. Ich kann nicht erklären, warum dies so ist, aber ich weiß wohl, dass ich damals in Afghanistan mehr als einmal diesem Instinkt mein Leben verdankte. Langsam drehte ich meinen Kopf in Marys Richtung und öffnete die Augen. Mary lag wie zuvor neben mir und schien fest zu schlafen. Hinter ihr konnte ich vereinzelte Trümmer zwischen niedrigem Buschwerk ausmachen, ansonsten war nichts

Verdächtiges zu entdecken. Ich wartete noch etwas, in der Hoffnung, das sich vielleicht irgendeine Bewegung zeigen würde, doch nichts geschah. Daraufhin drehte ich meinen Kopf auf die rechte Seite und nahm, so gut es die Mauerreste der Ruine zuließen, meine Umgebung ins Visier. In meiner liegenden Position konnte ich zwar nichts ausmachen, dafür nahm ich nun jedoch rechts von mir ein ganz schwaches, gleichmäßig wiederkehrendes Geräusch wahr. Vorsichtig legte ich Marys Hand, die noch auf meiner Brust ruhte, auf die Decke. Dann gelang es mir meinen Arm unter ihren Kopf wegzuziehen, ohne die Schlafende zu wecken. Nun war ich in der Lage mich aufzusetzen und über den Mauerrest zu spähen. Ich glaubte meinen Augen nicht zu trauen, was ich dort erblickte – es war der schäbig wirkende Zigeuner von gestern Abend! Er hockte in einer kleinen Senke und schien dort mit den Händen zu graben. Was trieb der Bursche dort nur? Obwohl ich so leise ich konnte aufstand, musste er mich doch gehört haben, denn plötzlich wandte sich sein Gesicht mir zu. Er kniff die Augen zusammen und sah mich grimmig an. Da mein Versuch, mich ihm unbehelligt zu nähern fehl geschlagen war, ging ich in die Offensive, indem ich ihn direkt anrief.

„Hey, Mann. Was tun Sie denn da?“

Statt einer Antwort sprang der Zigeuner mit einer ungewöhnlichen Schnelligkeit auf und lief den alten Forstweg entlang. Ich versuchte ihm zu folgen, doch war er verdammt schnell. Wäre er auf dem Forstweg geblieben, hätte ich ihn eventuell erwischen können. Doch stattdessen drang er querfeldein immer tiefer in den dichter werdenden Wald ein. Hindernisse, wie dicke Äste oder umgefallene Baumstämme übersprang er behände wie eine Antilope, während ich oft nur mühsam darüber steigen konnte. So wurde die Distanz zwischen ihm und mir immer größer, bis er plötzlich ganz aus meinem Blickfeld verschwunden war. Geschlagen trat ich den Rückweg zum Saumpfad an. Dort erwartete mich bereits Mary, die mich erstaunt und zugleich erschrocken ansah.

„Was war denn plötzlich los, John?“

„Ich habe jemanden verfolgt.“

„Jemanden verfolgt?“, fragte Mary ungläubig. „Wen denn?“

„Den Zigeuner von gestern Abend.“

Erst nachdem ich dies gesagt hatte, wurde mir bewusst, dass ich Mary, bezüglich meiner nächtlichen Beobachtung nicht ins Vertrauen gezogen hatte. Es überraschte mich daher nicht, dass sie mich jetzt noch verwunderter anblickte als zuvor. So blieb mir nun nichts anderes übrig, als ihr den Sachverhalt darzulegen.

„Erinnerst du dich noch daran, dass ich gestern Abend meinte einen Mann am Grundstückszaun von Mrs. Forrester gesehen zu haben?“

„Ja, John daran erinnere ich mich noch gut. Ich weiß aber auch noch ganz genau, dass du dann gesagt hast, dass du dich geirrt hättest.“

„Das stimmt Mary, doch war das eine kleine Notlüge. Ich wollte weder dich, meine Liebe, noch Mrs. Forrester unnötig beunruhigen. Deswegen versuchte ich meine Beobachtung für mich zu behalten. Doch nun kann ich ja ganz offen zu dir sein und dir anvertrauen, dass der Fremde, den ich gestern Abend wahrnahm, dieser Zigeuner war, den ich vorhin dort in der Senke graben sah. Und der, als ich ihn anrief, die Flucht ergriff.“

Interessiert blickte Mary in die von mir gewiesene Richtung.

„Was meinst du John, wonach hat er denn dort gegraben?“

„Ich habe keine Ahnung, Mary. Aber das lässt sich ja feststellen. Komm, wir schauen es uns mal an.“

Mit diesen Worten gingen wir zu der Stelle, an welcher der Zigeuner so interessiert gegraben hatte. Er hatte ein Loch freigelegt, das vermutlich einmal der Eingang eines Dachsbaus gewesen war. Mary und ich ließen uns auf die Knie nieder und langsam begann ich die Arbeit aufzunehmen, bei der ich den Zigeuner gestört hatte. Nach ein paar Händen Sand fühlte ich plötzlich etwas pelziges, Haariges an den Fingern. Vorsichtig grub ich noch etwas weiter und zog dann ein Fellbündel aus dem Erdloch. Es handelte sich um den Kadaver eines etwa sechzehn Inch großen Hundes, der etwa vierzig Pfund wog. Der Körper war lang und muskulös, mit einem stämmigen, geraden Rücken. Seine Beine hingegen waren eher kurz. Obschon das Tier bereits seit einiger Zeit tot war und in diesem Erdloch verscharrt lag, bestach es durch ein wunderschönes seidiges und üppiges Fell, welches am Körper glatt anlag, während es an den Ohren, Beinen und der Rute länger war. Im Schein der Sommersonde leuchtete sein Fell goldfarben. Während ich alle diese Äußerlichkeiten wahrnahm, betrachtete Mary das Tier mitfühlend und frug mich dann:

„John, was meinst du, woran ist der Hund gestorben? Hat er vielleicht einen Dachs verfolgt und ist von dem getötet worden?"

„Das glaube ich kaum, Mary."

Bevor ich meine Antwort begründen konnte, äußerte Mary bereits eine weitere Vermutung:

„Vielleicht ist der Hund in den Dachsbau gelaufen und hat nicht mehr rausgefunden."

„Das glaube ich auch nicht, Mary."

„Und wieso nicht?"

„Weil man dem armen Tier das Genick gebrochen hat."

Um meine Behauptung zu veranschaulichen zeigte ich Mary, dass man den Kopf der armen Kreatur in jede Position drehen konnte.

„Oh, das ist ja schrecklich, John! Wer würde einem so schönen Tier denn so etwas antun?“

Fassungslos wanderte Marys Blick zwischen mir und dem toten Hund, den ich im Arm hielt. Plötzlich rief Mary erregt:

„Oh, schau mal John, der Hund trägt ein Halsband. Vielleicht können wir zumindest herausfinden wem das Tierchen gehört. Die Leute, die ihn vermissen, vergehen sicherlich vor Sorge um ihn.“

„Das ist eine gute Idee Mary. Schau mal nach, ob du das Halsband abnehmen kannst.“

Mary rückte näher an mich heran und mit einem schweren Seufzer vergrub sie am Hals des Tieres ihre Hände in dessen üppiges Fell. Nach einem kurzen Augenblick förderte sie ein wunderschönes, silbernes Halsband zu Tage. Doch damit nicht genug, am Halsband hing sogar eine metallende Plakette mit Gravur.

„Kannst du lesen was auf der Plakette steht, Mary?“

„Ja, John. Hier steht, oh …“

Hier verstummte Mary und sah mich mit großen Augen an.

„Nun, was steht denn jetzt auf der Plakette?“, frug ich mittlerweile neugierig geworden.

Bei diesen Worten drehte Mary mir die Gravur zu und antwortete:

„Hier steht Chelsea.“

Es entstand eine kurze Pause, die von Mary beendet wurde, als sie die Frage stellte, die auch mir gerade durch den Sinn gegangen war:

„Ist das nicht der Hund der Wellings?“

Die Lage spitzt sich zu

Unser vergnügliches und unbeschwertes Picknick fand durch diesen grausigen Fund ein jähes Ende. Während Mary den Picknickkorb packte, legte ich über den Körper des toten Hundes die zusammengefaltete Wolldecke und beschwerte die Ränder mit einigen kleinen Steinen. So würde man den Fundort des armen Tieres leicht wieder finden. Bedrückt und in eigene Gedanken versunken, traten wir den Heimweg an. Ich hatte vor, bei den Wellings vorzusprechen und ihnen das Halsband zu übergeben. Von Albert, dem Gärtner auf dem Anwesen der Wellings, erfuhren wir, dass die gnädige Frau leider schwer erkrankt sei und keinen Besuch empfange und dass der gnädige Herr in Geschäftsangelegenheiten nach Hastings gefahren sei. So blieb mir also nichts anderes übrig, als mit dem Gärtner vorlieb zu nehmen. Als ich ihm das Halsband zeigte, entfuhr es ihm:

„Aber Sir, das ist ja das Halsband unserer Chelsea!"

Erstaunt blickte er mich an und ich las die nicht gestellte Frage in seinen Augen, wie ich in den Besitz des selbigen gelangt sei. Ich erklärte ihm, dass ich den Körper eines toten Hundes bei der alten Ruine gefunden und dem Tier dieses Halsband abgenommen habe. Die genauen Umstände, die zu meinem Fund führten, verschwieg ich dabei aber absichtlich.

„Das wird die Herrschaft sehr bekümmern. Ganz besonders den jungen Herrn. Wissen sie, er ist mit Chelsea aufgewachsen und die beiden waren stets unzertrennbar. Wenn er aus dem Internat heimkehrt, wird der Tod von Chelsea für ihn ein herber Schlag sein."

„Sagen Sie, Albert, seit wann vermissen sie denn Chelsea?"

„Oh, seit Dienstagabend vergangener Woche. Wissen sie Sir, wir haben zunächst gedacht, sie wäre auf einem ihrer üblichen Jagdausflüge. Sie war ein vorzüglicher Stöberhündin, mit einer Nase, die so schnell nicht ihres gleichen findet. Oft hat Chelsea ihren abendlichen Spaziergang auf dem Anwesen ausgenutzt, um einer Beute nach zu hetzen. Doch ist Chelsea stets am folgenden Tag heimgekehrt, zu meist mit ihrer Jagdtrophäe im Maul. Das haben wir auch am Dienstag angenommen. Doch als sie dann nicht wieder kam, befürchteten wir bereits, das Chelsea ein Unheil widerfahren war."

„Nun, dann bin ich, wenn ich auch der Bote einer schlechten Nachricht bin, zumindest froh, die ausgestandenen Sorgen und Ängste beenden zu können", entgegnete ich.

„Für ihre Bemühungen möchte ich Ihnen Sir und ihrer Gattin im Namen meiner Herrschaft danken. Ich werde jetzt zur alten Ruine gehen und Chelsea heimbringen."

Nach diesen Worten wollte sich der Gärtner bereits mit einem Gruß abwenden, als er mit einem tiefen Seufzer doch noch einmal das Gespräch aufnahm:

„Ach ja, es ist wirklich ein Jammer. Chelsea war ein so schönes, kluges und furchtloses Tier. Wäre sie am Samstagabend hier gewesen, so wäre bei uns bestimmt niemand eingebrochen."

Mary hatte sich bei mir eingehakt und wir wollten bereits den weiteren Heimweg antreten, als mich die Worte des Gärtners stutzen ließen.

„Ein Einbruch?", frug ich interessiert.

„Ja, Sir. Samstagnacht ist irgendjemand ins Haus eingedrungen. Die Flügeltür zum Arbeitszimmer des gnädigen Herrn wurde aufgebrochen."
„Wurde viel gestohlen?", frug nun Mary, die sich auch ins Gespräch einbringen wollte.
„Nein, Madam. Wahrscheinlich ist der Einbrecher durch irgendetwas gestört worden, denn es wurden weder Bargeld noch Wertgegenstände entwendet. Allerdings befand sich das Arbeitszimmer des gnädigen Herrn in einer schrecklichen Unordnung. Alle Schubladen waren geöffnet und durchwühlt worden. Aber gestohlen wurde nichts."
„Das ist wirklich sehr merkwürdig, Albert.", stellte ich verwirrt fest. Und dann frug ich:
„Gibt es einen Hinweis, wer der Dieb war?"
„Leider nein, Sir. Aber ich hege trotzdem einen Verdacht."
„So, welchen denn?"
„Nun Sir, ich weiß nicht ob er Ihnen auch schon begegnet ist, aber seit ein paar Tagen treibt sich hier ein Zigeuner herum. Macht den Eindruck, als sei er ziemlich gerissen. Um es gerade heraus zu sagen, Sir, dem würde ich es schon zu trauen. Hat es bestimmt auf die einsam gelegenen Anwesen abgesehen. Möchte daher auch Mrs. Forrester warnen, zu ihr kommt er bestimmt auch noch."
„Vielen Dank, Albert. Wir werden ihre Warnung weiterleiten."
„Gern geschehen, Sir."
Nach diesen Worten machte sich Albert auf den Weg zur alten Ruine um Chelsea, wie er es nannte, heim zu bringen.

Eine ganze Weile lang flanierten Mary und ich schweigsam die High Street entlang. Ein jeder von uns hing seinen eigenen Gedanken nach und ich sah an Marys angespannten Gesichtsausdruck, dass sie offensichtlich einiges beschäftigte. Plötzlich frug sie mich:

„John, was glaubst du, hat dieser Zigeuner bei den Wellings eingebrochen?"

„Ich weiß nicht Mary, aber es spricht schon einiges dafür. Dass er die Anwesen ausspioniert, habe ich selbst beobachten können. Und das bei den Wellings nichts fehlt, liegt nur daran, dass er ins falsche Zimmer eingebrochen ist."

„Ins falsche Zimmer?", frug Mary verwirrt. „Wie meinst du das, John?"

„Nun, wäre er zum Beispiel ins Speisezimmer eingestiegen, so hätte er bestimmt das Silberbesteck mitgehen lassen. Doch im Arbeitszimmer wird er trotz intensiver Suche nichts gefunden haben. Was wirklich wertvoll ist, hat Mr. Welling sicherlich in einem Tresor eingeschlossen und den kann so ein daher gelaufener Bursche nun doch nicht öffnen."

Mary sah mich strahlend an, während sie bewundernd feststellte:

„Du liebe Güte, John. Du hörst dich ja schon fast genauso an wie Holmes."

„Vielen Dank, meine Liebe. Ich fasse das als Kompliment auf."

„So war es auch gemeint, mein Lieber."

Und dabei lächelte sie mich neckisch an. – Nach diesem kurzen Wortgeplänkel wurde es erneut still zwischen uns. Und wieder war es Mary, die mit einer Frage an mich das Schweigen beendete.

„John, was glaubst du, hat der Zigeuner auch den armen Hund umgebracht?"

„Nun ja, ich kann es zwar nicht beweisen, aber ich bin fest davon überzeugt."

„Und warum?"

„Nun für eine solche Tat muss man kräftig und, was noch wichtiger ist, grausam genug sein. Wie man schon aus seinem Äußeren entnimmt, scheint unser Zigeuner beide Eigenschaften zu besitzen."

„Aber wenn er den Hund getötet hat, warum hat er ihn dann in den Dachsbau gelegt? Und warum hat er ihn jetzt wieder ausgraben wollen? Das ergibt für mich überhaupt keinen Sinn."

„Nun, ich habe diesbezüglich eine Theorie. Möchtest du sie hören?"

„Sehr gerne sogar."

„Also, ich denke mir das ganze so: Am Dienstag vergangener Woche versuchte unser Zigeuner bereits bei den Wellings einzubrechen. Dieser Versuch wird durch Chelsea vereitelt, die den Dieb vom Anwesen vertreibt und ihn bis zur Ruine verfolgt. Hier stellt sich der Zigeuner dem Hund und Chelsea muss ihren mutigen Einsatz mit ihrem Leben bezahlen. Nachdem er dem armen Tier das Genick gebrochen hat, sieht er das kostbare Halsband, das er dem Hund abnehmen will. Hierbei wird er jedoch gestört und so deponiert er den toten Hund in dem Dachsbau. Und heute ist er dann gekommen, um das Halsband aus dem Versteck zu holen."

Nachdem ich meine Schilderung beendet hatte, blickte ich Mary erwartungsvoll an.

„Ja, das klingt ganz plausibel. Ich frage mich nur, warum er solange gewartet hat um das Halsband zu holen. Hast du auch darauf eine Antwort?"

„Ich denke schon. Als unser Zigeuner den toten Hund in den Dachsbau geschoben hat, verschließt er vorsichtshalber den Eingang mit Sand. Dieser Umstand erschwert ihm jedoch später das Auffinden seines Verstecks. Als es dann vergangene Nacht so stark geregnet hat wurde der Eingang des Dachsbaus fast vollständig von dem losen Sand freigespült, sodass es ihm nun ein leichtes war sein Versteck wiederzufinden."

„Meine Güte, John. Du hast Recht, das ergibt wirklich Sinn."

Nach der anfänglichen Begeisterung, mit der sie diese Worte gesprochen hatte wurde sie plötzlich ganz still und entgegnete dann mit verhaltener Stimme:

„Oh John, wie gut, dass der Zigeuner heute Mittag besser zu Fuß war als du."

Irritiert und auch ein wenig gekränkt, blickte ich Mary an. Ich hatte es als Schmach empfunden, dem Zigeuner körperlich nicht gewachsen gewesen zu sein. Und meine eigene Frau schien darüber auch noch erfreut zu sein. Was hatte dies denn nun schon wieder zu bedeuten? Leicht gereizt frug ich sie daher, wie ich ihre Bemerkung zu verstehen habe. Belustigt über meine Reaktion, erwiderte sie mir lächelnd:

„ Nicht böse sein, John. Ich wollte dich nicht kränken oder beschämen. Ich wollte nur sagen, dass ich glücklich bin, dass du den Zigeuner nicht eingeholt hast."

„Und warum, bitte schön?", frug ich immer noch etwas pikiert.

„Nun, das liegt doch auf der Hand. Wenn der Kerl so kräftig und brutal ist, wie du sagst und sogar einem armen Hund das Genick bricht, was meinst du wohl was so jemand mit einem Menschen macht, der sich ihm in den Weg stellt?"

Als Mary dies sagte, blickte sie mich vielsagend, mit großen Augen und hochgezogenen Augenbrauen an. Sie hatte Recht, diesen Aspekt hatte ich noch gar nicht betrachtet. Das Abenteuer heute Nachmittag hätte für mich wohl äußerst unangenehm ausgehen können. - Für eine kurze Weile schwiegen wir beide, doch schon bald waren wir wieder in ein äußerst lebhaftes Gespräch vertief. Diesmal war ich es, der das Schweigen gebrochen hatte. Ich erzählte Mary von alldem, was mich seit einigen Tagen beschäftigte. Von dem seltsamen, veränderten Verhalten der Wellings, der Begegnung mit Esther Brown, der Legende der drei Mönche und meinem Gefühl, das sich irgendetwas unheilvolles über uns zusammenbraute. Dazu kamen jetzt noch der bedrohliche und gewalttätige Zigeuner, der ermordete Hund und der Einbruch bei den Wellings. Alle meine Nöte, Ängste und Befürchtungen teilte ich Mary ungeschönt mit und verschloss sie nicht weiter in meinem Herzen. Als ich geendet hatte, wartete ich gespannt auf ihre Reaktion. Ich rechnete damit, dass sie versuchen würde mich zu beruhigen und mir dann darlegen würde, dass ich überreagiere. Doch sollte ich mich in ihrer Reaktion geirrt haben. Schon während meiner letzten Schilderung war sie langsamer gegangen und nun, wo ich geendet hatte, blieb sie stehen. Ihr Blick war auf den Boden zu ihren Füßen gerichtet und ich entnahm aus ihrer Haltung, dass sie nach den richtigen Worten für ihre Antwort suchte. Als sie aufblickte sah sie mich mit wachem und klarem Blick an und sprach mit liebevoller, aber auch eindringlicher Stimme:

„Mein armer Liebling, hättest du dich mir doch nur schon eher anvertraut. Diese Tage müssen doch sehr schwer für dich gewesen sein."

Erleichtert über ihre wohltuenden Worte, nahm ich sie fest in die Arme und küsste sie innig. Dann lächelten wir einander an und ich sagte voller Wärme:

„Ich liebe dich, Mary!"

„Ich liebe dich auch, John!"

Danach schlossen wir einander wieder fest in die Arme und liebkosten uns.

Wir müssen eine ganze Weile so dagestanden haben, was wir jedoch erst gewahr wurden durch die Reaktion einiger Passanten, die uns zu viel Aufmerksamkeit zollten. Als wir unsere Heimkehr fortsetzten frug Mary mich plötzlich:

„Und was hast du nun vor, John?"

„Wie meinst du das, mein Liebes?“

„Nun die ganzen unheimlichen Begebenheiten, diese nicht greifbare Gefahr. Wie willst du darauf reagieren?“

„Um ehrlich zu sein, ich weiß es nicht, Mary. Am liebsten würde ich Holmes schreiben und ihn bitten zu kommen. Andererseits möchte ich ihn auch nicht umsonst kommen lassen und mich der Lächerlichkeit preisgeben.“

„Keine Sorge, John. Deine Befürchtungen sind bestimmt nicht lächerlich. Und Holmes liebt doch mysteriöse Rätsel und Geheimnisse. Ich denke, er wird dir eher dankbar dafür sein, ein Problem zu haben, das seinen Geist fordert.“

„Dann meinst du also auch, dass ich ihm schreiben sollte?“

„Nein John, ich weiß was Besseres.“

Erstaunt blickte ich sie an.

„Du wirst ihm ein Telegramm schicken, das geht schneller.“

Lachend und von dem Gefühl beseelt, gemeinsam an einem Strang zu ziehen, gingen wir zur Bahnstation, wo auch das Telegraphenamt untergebracht war. Obwohl das einzige Fenster in dem kleinen Raum geöffnet war, herrschte hier eine stickige Luft. Mein Telegramm das ich an Holmes aufgab war zwar kurz, dennoch war ich sicher, dass es seine Wirkung nicht verfehlen würde:

Holmes

Lage spitzt sich zu - Gefahren lauern überall - Benötigen Ihre Hilfe - Kommen Sie so schnell als möglich

Watson

Ich glaube, dass man die Anzahl der Telegramme, die in Robertsbridge bisher aufgegeben worden waren, bequem zählen kann. Denn der Telegraphenbeamte war nur zu gerne bereit, das Telegraphengerät vorzuführen und mein ausgestelltes Telegrammformular mit so lauter Stimme vorzulesen, als wolle er allein Dank der Kraft seiner Stimmbänder die Nachricht nach London übermitteln. Da ich die Nachricht an Holmes eigentlich ohne neugierige Mitwisser aufgeben wollte, blickte ich besorgt um mich, ob es interessierte Zuhörer gab. Doch waren außer Mary und mir keine weiteren Personen im Telegraphenamt, so dass ich mir um den Aspekt der Geheimhaltung keine weiteren Gedanken machte.

Als wir das Telegraphenamt verließen und zum Anwesen von Mrs. Forrester spazierten, war ich äußerst zufrieden mit mir. Bald schon würde Holmes eintreffen und mit seinem klaren Verstand alle diese seltsamen Begebenheiten und Ereignisse entwirren. Ein Gefühl von Sicherheit und Geborgenheit durchflutete meinen Körper. Hätte ich zu diesem Zeitpunkt gewusst, dass der Zigeuner unter dem offenen Fenster des Telegraphenamtes stand, als der Beamte meine Nachricht an Holmes laut vorlas, hätten mich sicherlich ganz andere Gefühle beherrscht.

Die drei Mönche

Als wir bei Mrs. Forrester eintrafen, frug uns diese, ob wir einen schönen Tag verlebt hätten. Daraufhin berichteten wir ihr von unserem grausigen Fund, dem Zigeuner, der Warnung des Gärtners der Wellings und meiner eigenen Beobachtung, dass dieser Zigeuner bereits das Anwesen von Mrs. Forrester ausspionierte. Wie erwartet, reagierte Mrs. Forrester hierauf besorgt. Doch als ich ihr mitteilte, das ich Holmes telegraphiert und ihn gebeten habe nach Robertsbridge zu kommen, beruhigte sie sich. Sie bestand darauf, dass auch Holmes bei ihr wohnen solle und ließ für ihn sogleich ein Zimmer herrichten.

Auch während des Dinners kam immer wieder die Rede auf die unheimlichen und mysteriösen Begebenheiten der vergangenen Tage. Als ich Mrs. Forrester nach den drei Mönchen frug, erwiderte sie, dass sie diese Legende zwar kenne, die Mönche jedoch noch nie selbst gesehen habe. Mein Unbehagen bezüglich dieser seltsamen Erscheinung war im Laufe des Abends gewachsen. Gab es sie tatsächlich, oder handelte es sich um eine Art Massensuggestion? Dieser Frage musste ich auf den Grund gehen! Es wäre gut, wenn ich Holmes diesbezüglich etwas Handfestes bieten könnte.

Als die Damen nach dem Dinner in den Salon gehen wollten, hatte ich mich zu einem Entschluss durchgerungen. Nach den Worten des Gastwirtes Mr. Hunt zu urteilen, waren die Mönche seit dem letzten Vollmond jede Nacht erschienen. Daher beschloss ich noch heute Abend zu dem besagten Hügel zu gehen und, versteckt im

Gebüsch, der Dinge zu harren, die sich ereignen würden. Als ich diese Entscheidung den beiden Damen mitteilte, reagierten beide äußerst skeptisch.

„Möchtest du nicht lieber warten bis Holmes eingetroffen ist?", frug Mary besorgt.

Als ich ihr antwortete, bemühte ich mich meiner Stimme einen möglichst unbeschwerten Klang zu verleihen:

„Aber wieso denn meine Liebe. Ich will mir diesen Mummenschanz ja nur mal aus der Nähe ansehen. Sonst nichts."

„Aber vielleicht wird es gefährlich", entgegnete Mary.

„Mary, was soll denn daran gefährlich sein, sich diese Erscheinung aus der Nähe anzusehen? Dass es sich bei den drei Mönchen um Geister handelt, ist genauso absurd wie die Behauptung, dass man von einem Fluch heimgesucht wird, wenn man sie erblickt. Hinter diesem Spektakel stecken Menschen. Die Frage ist nur, wie und wieso veranstalten sie es?"

Mary sah mich immer noch zweifelnd und ängstlich an. Es tat mir leid, ihr solchen Kummer zu bereiten, doch konnte ich nun nicht mehr zurück. Einmal meine Entscheidung kundgetan, verbot es mein Ehrgefühl, davon nachträglich wieder Abstand zu nehmen.

Während Mary und ich einander stumm anblickten, frug Mrs. Forrester plötzlich:

„Dr. Watson, wollen sie vielleicht den alten Armeerevolver meines Mannes mitnehmen? Die Waffe liegt seit Jahren im Schreibtisch eingeschlossen. Wenn sie wollen, hole ich sie."

„Vielen Dank, Mrs. Forrester. Aber ich glaube nicht, dass ich sie benötigen werde. Wie gesagt, habe ich nur vor, zu beobachten und nicht zu agieren."

Diese letzten Worte hatte ich betont langsam ausgesprochen und dabei Mary tief in die Augen geschaut. Dann fuhr ich an Mrs. Forrester gewandt, mit aufgesetzt scherzhaftem Ton fort:

„Und sollte eine kritische Situation eintreten, so habe ich ja immer noch meinen Spazierstock, der, wie sie sehen, einen äußerst massiven Knauf besitzt.“

Während Mrs. Forrester, wie beabsichtigt, nach meiner Bemerkung lächelte, blickte mich Mary noch immer mit blassem Gesicht und großen starren Augen an.

„Vielleicht könnten sie mir eine Blendlaterne mitgeben?“, wandte ich mich erneut an Mrs. Forrester.

„Aber natürlich, Doktor. Ich werde Ihnen eine holen.“

Mit diesen Worten verließ uns Mrs. Forrester. Mary sagte noch immer nichts und ihr Schweigen lastete schwer zwischen uns. So wollte und konnte ich nicht aufbrechen! Daher sprach ich sie direkt an:

„Mary, verstehst du, dass ich gehen muss?“

Es dauerte eine Weile, bis sie antwortete:

„Ja, John. … Es ist nur, dass ich mir Sorgen um dich mache. … Versprich mir, dass du kein unnötiges Risiko eingehen wirst.“

„Das verspreche ich dir gerne, Mary. Und als Siegel erhältst du einen Kuss von mir.“

Ich trat nahe an sie heran und küsste behutsam ihre Hände, die sie verkrampft vor ihrer Brust hielt.

„Oh John, mein Liebster …“, mit diesen Worten umarmte sie mich und unsere Lippen fanden sich wie von selbst.

Die Anwesenheit von Mrs. Forrester bemerkten wie erst, als wir ein dezentes Hüsteln im Hintergrund wahrnahmen. Immer noch einander festhaltend, sahen wir uns lächelnd an. Nun, wo zwischen Mary und mir wieder die vertraute Innigkeit herrschte, konnte ich beruhigt gehen. Mit der Blendlaterne in der einen Hand und dem Stock in der anderen verließ ich das Haus.

Obwohl der Mond bereits stark abgenommen hatte, verbreitete er noch immer ein intensives Licht. Es wäre mir sicherlich schwer gefallen mich dem Hügel unbemerkt zu nähern, doch war mir das Schicksal hold, indem es immer wieder Wolkenbänke gab, die vorüberzogen und das Licht des Mondes schwächten. So erreichte ich, ohne Aufsehen zu erregen, die Böschung am Fuß des Hügels, wo ich Stellung bezog.
Seit unserem Besuch in Hastings war ich der festen Überzeugung, dass es sich bei den drei Mönchen um einen Trick mit einer Laterna magica handelte. Ich hatte erlebt wie realistisch die Bilder wirkten und erwartete daher nun insgeheim, dass meine Vermutung bestätigt würde.
Die Zeit verging nur langsam und meine angespannten Nerven sehnten sich nach der beruhigenden Wirkung einer Zigarette. Doch konnte ich das Risiko, dass mich die glimmende Glut verraten könnte, nicht eingehen. So blieb mir nichts weiter übrig, als mich, wie ein Jäger auf dem Anstand, in Geduld zu üben. – Das lange Warten zerrte nicht nur an meinen Nerven. Durch die verkrampfte Haltung, die ich gezwungener weise im Gebüsch einnehmen musste, begannen meine Glieder langsam steif zu werden. Ich war schon so weit, meine einsame Wacht aufzugeben, als ich etwas Weißes erblickte. Als dieses Weiße näher kam erkannte ich, dass es sich um drei Mönche handelte, die, wie es bei Zisterzienser üblich ist, einen weißen Habit trugen. Sie waren aus dem angrenzenden Wald gekommen und schritten nun gemächlich die Lichtung auf und ab. Ihre Häupter mit den Kapuzen hielten sie leicht gebeugt, als seien sie im Gebet vertieft. Ich muss zugeben, dass mich, obwohl ich ein Mann der Wissenschaft bin, bei diesem Anblick ein leises Schaudern ergriff. Das die einfache Dorfbevölkerung sich hiervor fürchtete und die Gegend um den Hügel mied, erschien mir nun durchaus nachvollziehbar.

Wie sich herausstellte, hatte ich meinen Beobachtungsposten gut gewählt, denn die drei Mönche kamen dicht an mir vorüber. In meinem Inneren keimte der Verdacht, dass es sich bei dieser Erscheinung nicht um den Trick einer optischen Täuschung handelte. Und als ich den Brandgeruch der Fackeln wahrnahm, wurde mein Verdacht zur Gewissheit. Nur zu gerne wäre ich aus meinem Versteck hervorgetreten und hätte die als Mönche verkleideten Männer zur Rede gestellt. Doch da sie zu dritt waren, hätte ich sehr wahrscheinlich den Kürzeren gezogen und würde dann nie erfahren, was hinter diesem Schwindel steckte. Zwar vermutete ich, dass der Gastwirt Peter Hunt hieran beteiligt war, denn nach seinen eigenen Worten war er der einzige Nutznießer dieses Klamauks. Doch mit einer Vermutung wollte ich mich nicht mehr zufrieden geben, ich wollte Gewissheit! – Daher beschloss ich so lange im Gebüsch auszuharren, bis sich die falschen Mönche zurückziehen würden. Anschließend würde ich ihnen folgen, was mir sicherlich nicht schwer fallen sollte, da aufgrund des gestrigen Regens der Waldboden noch feucht war und die drei Mönche, da sie aus Fleisch und Blut waren, Fußspuren hinterlassen mussten.

Nach einer guten Stunde, die mir, wie ich zugeben muss, wie eine Ewigkeit vorkam, war es dann endlich soweit. Die Mönche wandten sich wieder dem angrenzenden Wald zu und verschwanden darin. Nun wurde es Zeit für mich die Verfolgung aufzunehmen. Ich streckte meine Glieder und bückte mich dann nach der Blendlaterne und meinem Stock. Im selben Augenblick umschlangen mich von hinten zwei kräftige Arme. Ich wollte schreien, obgleich ich keine große Hoffnung hegte von irgendjemandem in Robertsbridge gehört zu werden. Und ob die falschen Mönche, die zwar noch in Rufweite waren, mir geholfen hätten, möchte ich bezweifeln. Doch erhielt ich zu einem Hilferuf auch gar keine Gelegenheit, da der unbekannte Angreifer mir mit seiner linken Hand den Mund derart verschloss, dass ich gezwungen war allein durch die Nase zu atmen. Mein Herz raste und als ich an dem linken Handgelenk meines Widersachers die Ledermanschette des Zigeuners erkannte, ergriff mich eine Woge des Entsetzens. Inzwischen umspannte sein rechter Arm meine Brust und drückte dabei meine Arme fest an meinen Körper. Ich versuchte mit meinen Händen nach ihm zu greifen und meinen Körper aus seiner festen Umklammerung zu befreien – doch ohne Erfolg. Meine kräftezehrenden Versuche mich zu wehren und meine brennenden Lungen, die nach Sauerstoff verlangten, brachten mich an den Rand der Bewusstlosigkeit. Vor meinem geistigen Auge stieg das Bild von Chelsea auf, deren Kopf nach allen Seiten fiel. Und ich hörte in meinen Ohren, neben dem Rauschen meines eigenen Blutes, Mary´s Stimme hallen, die da sagte:

„Was meinst du was dieser Zigeuner erst mit jemandem anstellt, der sich ihm in den Weg stellt?“

Meine Kräfte waren aufgezehrt und ich war bereit mich dem unausweichlichem zu stellen. Ich leistete keine Gegenwehr mehr und rang verzweifelt nach ein wenig Luft. Da spürte ich, wie der zangenhafte Griff, der meine Brust umschloss, ein wenig nachließ. Ich rührte mich nicht, sondern versuchte stattdessen den Anschein zu erregen wirklich bewusstlos zu sein. Als mein Angreifer mich aus seiner Umklammerung entließ, nutzte ich die Gelegenheit und rammte ihm mit aller Kraft, die ich noch aufbringen konnte, meinen Ellenbogen in die Magengrube. Mein Schlag musste ihn schwer getroffen haben, denn ich hörte sein Aufstöhnen und spürte, dass ich frei war. Aus den Augenwinkeln sah ich, dass er seine Arme vor den Bauch gelegt hatte und von Schmerzen gekrümmt dastand. Ich wusste, dass ich diesen Augenblick, wo ich im Vorteil war, nutzen musste. Ich stürzte mich daher auf meinen Stock, ergriff ihn und wollte gerade zu einem mächtigen Schlag ausholen, als ich eine mir wohlvertraute Stimme vernahm.

„Halt, Watson! – Ein Schlag von Ihnen reicht mir. Mit dem Stock möchte ich wahrlich keine Bekanntschaft mehr machen."

Ich hielt mitten in der Bewegung inne und schaute fassungslos auf die noch immer gekrümmte Gestalt des Zigeuners. Es war Holmes Stimme gewesen, die ich gehört hatte, aber sollte er wirklich dieser Zigeuner sein? In meinem Kopf schwirrte es und fassungslos frug ich:

„Holmes, sind Sie es wirklich?"

Langsam richtete sich der Zigeuner ein wenig auf und lächelte mich schräg an.

„Ich bin es, Watson. Und ich wäre froh, wenn Sie sich dazu entschließen könnten, Ihren Stock nicht mehr als Schlagwaffe über mir schweben zu lassen."

Erst jetzt wurde mir bewusst, dass ich den Stock noch hoch erhoben in den Händen hielt. Sofort ließ ich ihn fallen und eilte auf Holmes zu. Ich war überglücklich ihn in die Arme schließen zu können.

„Verzeihen Sie Holmes, dass ich Ihnen Schmerzen zu fügte."

„Halb so schlimm, Watson, ich bin ja selbst schuld, dass Sie so reagierten. Immerhin habe ich Sie ja zuvor attackiert."

„Und Sie haben mir ganz schön zugesetzt, wie ich zugeben muss. Aber wieso haben Sie sich nicht eher zuerkennen gegeben. Dann hätten wir uns diesen Zweikampf ersparen können."

„Mein lieber Freund, dafür war weder Zeit noch Gelegenheit. Sie waren drauf und dran, nicht nur Ihr eigenes Leben zu gefährden."

„Nun verstehe ich überhaupt nichts mehr", stellte ich verwirrt fest.

Und dann sprudelten die Fragen nur so aus mir heraus:

„Gefahr? Welche Gefahr denn? Und wessen Leben habe ich denn außerdem gefährdet? Ihres? Seit wann sind Sie überhaupt in Robertsbridge? Und wozu die Verkleidung als Zigeuner? Verdammt nochmal Holmes, was geht hier eigentlich vor?“

„Ein äußerst raffiniertes und zugleich abscheuliches Verbrechen, dessen Ausgang noch ungewiss ist. Doch ist hier nicht der rechte Ort es zu erörtern. Lassen sie uns zu Mrs. Forrester gehen und dort die Fakten besprechen.“

Lagebesprechung

Auf dem Weg zum Landsitz von Mrs. Forrester unternahm Holmes einen kurzen Abstecher zu einem einsam gelegenen und halb verfallenem Stallgebäude. Wie er mir mitteilte, war dieser unwirtliche Ort in den letzten Tagen sein Heim gewesen. Während mein Blick über das größtenteils eingefallene Dach und die bereits faulenden Holzwände wanderte, mochte ich mir kaum vorstellen, wie entbehrungsreich die letzten Tage für meinen Freund gewesen sein mussten. Ich war noch in Gedanken versunken, als ich Holmes Stimme vernahm.

„Machen Sie sich um mein Wohlergehen keine Gedanken, Watson. Ich habe die letzten Tage zwar keinen Komfort genossen, aber dafür reichlich Informationen gesammelt."

Wie schon so oft las Holmes auch jetzt meine innersten Gedanken und beantwortete meine ungestellten Fragen.

Während ich in der Betrachtung dieser armseligen Zufluchtsstätte versunken gewesen war, hatte Holmes die Zeit genutzt, um sich umzuziehen. Er hielt es nicht für angebracht, im Kostüm des Zigeuners bei Mrs. Forrester und Mary vorzusprechen. Daher war es schon fast Mitternacht, als wir beim Landsitz von Mrs. Forrester eintrafen.

Das Haus war noch hell erleuchtet, da die Damen voller Ungeduld meiner Wiederkehr harten. Beide waren äußerst erleichtert und überglücklich, mich wohlbehalten in die Arme schließen zu können. Als sie Holmes Gegenwart wahrnahmen, reagierten sie verständlicherweise äußerst überrascht. Nach einer freundlichen

Begrüßung, bot Mrs. Forrester Holmes ein Zimmer an, dass er dankend annahm. Natürlich bestürmten die Damen ihn sofort mit Fragen, auf die mein Freund jedoch nicht einging. Er deutete nur an, dass der Fall, an dem er momentan arbeite, sich noch in der Schwebe befände und er sich daher dazu nicht weiter äußern könne. Und er wies vehement daraufhin, dass es für das Gelingen seines Planes von immenser Wichtigkeit sei, dass niemand von seinem Aufenthalt in Robertsbridge erführe. Zwar hatte Holmes damit die weibliche Neugierde nicht zufriedengestellt, doch der Gedanke, Vertraute und Mitstreiterinnen bei der Auflösung eines Verbrechens zu sein, besänftigte die beiden Damen soweit, dass sie beschlossen zu Bett zu gehen. Mary sah mich fragend an, ob ich ihr folgen würde. Doch mein Blick und die Tatsache, dass sie um die innige Freundschaft zwischen mir und Holmes wusste, beantworteten ihre unausgesprochene Frage.

So fand es sich, dass gegen zwölf Uhr dreißig Holmes und ich allein im Arbeitszimmer des seligen Mr. Forrester saßen.

„Möchten Sie nicht lieber auch zu Bett gehen, Watson?", frug Holmes mich plötzlich.

„Wo denken Sie hin, mein lieber Freund. Es bestürmen mich seit Ihrer Demaskierung dutzende von Fragen. Ich könnte sicherlich keinen Schlaf finden, bevor Sie mir nicht zumindest einige davon beantwortet haben."

Ich sah wie ein stilles Lächeln um Holmes Lippen spielte. Doch als er weitersprach, war es genauso schnell verschwunden, wie es erschienen war.

„Mein lieber Watson. Ich beschäftige mich, nicht zuletzt dank ihrer ausgezeichneten Briefe, mit einem äußerst raffinierten und zugleich grausamen Verbrechen, dessen Ausgang, wie ich bereits andeutete, noch vollkommen offen ist. Doch bevor ich ihnen die einzelnen Fakten schildere, möchte ich zuvor eine Frage an sie richten."

Ich blickte Holmes neugierig und auffordernd an. Es dauerte einige Zeit, bis er sich wieder äußerte, so als würde er nach den rechten Worten suchen.

„Watson", begann er endlich, „Sie haben mich bei so vielen Abenteuern begleitet und ohne die Gefahr zu scheuen, stets treu neben mir gestanden. Ich möchte Sie daher fragen, ob Sie mich auch diesmal begleiten wollen?"

Holmes warme Worte, die mich so tief in sein Herz hatten blicken lassen, bewegten mich sehr.

„Mein lieber Freund, natürlich werde ich Sie begleiten! Wann Sie wollen und wohin Sie wollen. Verfügen Sie über mich."

Wieder huschte ein Lächeln über das Anlitz meines Freundes.

„Guter alter Watson, stets ein Mann der Tat. Doch ich muss Sie warnen. Unser Unternehmen ist gefährlich und eventuell nicht von Erfolg gekrönt. Und selbst wenn mein Plan gelingt, kann es sein, dass wir zu spät sind, um eine Tragödie zu verhindern."

„Holmes, Sie sprechen in Rätseln. Ich kann Ihnen beim besten Willen nicht folgen", entgegnete ich verwirrt.

„Nun, Watson. Ich wollte nur andeuten, dass wir im Falle eines Fehlschlages in eine äußerst unangenehme Lage geraten werden. Aufgebrachte Bürger und eine sensationslüsternde Presse werden sich auf uns stürzen. Von den rechtlichen Folgen will ich lieber gar nicht reden. So etwas kann ich einem so guten Freund wie Ihnen nicht einfach ohne Vorwarnung zu muten. Deswegen stelle ich Ihnen meine Frage von eben noch einmal. Wollen Sie mich trotz des ungewissen Ausganges bei diesem Unternehmen begleiten?"

Ich sah in Holmes ruhiges und offenes Gesicht. Ich wusste worauf mein Freund anspielte und er hatte Recht damit, mich daran zu erinnern, dass es mir seit meiner Vermählung besonders oblag Entscheidungen für die Zukunft genau abzuwägen. Ich hatte nicht mehr nur an mein eigenes Wohl, sondern in erster Linie an meine Frau zu denken. Doch so wie Liebe und Pflichtgefühl mein Verhalten Mary gegenüber bestimmten, so regierte das starke Band der Freundschaft, das Holmes und mich verband, mein Verhalten ihm gegenüber. Ich war mir der Bedeutung meiner Worte durchaus bewusst, als ich Holmes antwortete und ihm dabei tief in die Augen blickte.

„Holmes, ich bin stolz und dankbar dafür, mich Ihr Freund nennen zu dürfen. Ich werde Sie gerne bei Ihrem Unternehmen begleiten und Sie, so gut ich es vermag, unterstützen. Allen späteren Anfeindungen zum Trotz weiß ich, dass wir für die Gerechtigkeit kämpfen. Und sollten wir wirklich einen Fehlschlag erleiden, so werden wir dieses Kreuz gemeinsam tragen."

Nachdem ich diese Worte gesprochen hatte, sah ich Holmes erwartungsvoll an. Es dauerte etwas, bis er mir mit bewegter Stimme antwortete.

„Mein wackerer Watson! Ich danke Ihnen für Ihre Unterstützung und verspreche Ihnen, dass ich versuchen werde allen Schaden von Ihnen abzuwehren, falls wir fehlschlagen."

Hier legte er eine kurze Pause ein und schloss seine Augen. Nach einem tiefen Atemzug öffnete er sie dann wieder und blickte mich mit funkelnden Augen an, während er lebhaft hervorstieß:

„Aber noch ist es nicht soweit! Noch haben wir das Heft in der Hand!"

Es folgte ein Moment der Stille und dann begann mein Freund den Fall so sachlich und ruhig zu schildern, als befänden wir uns in der Baker Street 221B.

„Ich werde Ihnen nun einige wichtige Fakten nennen, die für diesen Fall unerlässlich sind. Damit sie in der Lage sind ihre eigenen Schlüsse zu ziehen, werde ich sie am besten in der Reihenfolge wiedergeben, wie auch ich von ihnen Kenntnis erhielt."

Mit diesen Worten legte er die Fingerspitzen aneinander und schloss die Augen. Ich für meinen Teil lehnte mich in meinen Sessel zurück und lauschte dem nun folgenden Vortrag:

„Sicherlich erinnern Sie sich noch an Mr. Hall Pycroft. Er hatte nach längerer Arbeitssuche die Möglichkeit bei Mawson & Williams, der großen Maklerfirma in der Lombard Street, eine Stellung zu bekleiden. Doch wenige Tage, bevor es soweit war, suchte ihn ein Herr namens Arthur Prime auf, der ihm eine Stelle als Geschäftsführer der anglo-französischen Aktiengesellschaft für Eisen- und Stahlwaren mit Sitz in Birmingham anbot. Dies war ein sehr verlockendes Angebot und durch Schmeicheleien, als auch durch Verleumdungen der Maklerfirma Mawson & Williams, schaffte es der angebliche Mr. Prime, dass unser Mr. Pycroft, ohne bei Mawson & Williams abzusagen, in Birmingham anfing. Angeblich sollte er hier durch den Bruder von Mr. Prime in seine Aufgaben eingeweiht werden. Schon bald fiel Mr. Pycroft jedoch auf, dass selbst für Brüder eine zu deutliche Ähnlichkeit zwischen Mr. Arthur Prime und Mr. Harry Prime bestand. Dies war der Zeitpunkt zu dem Mr. Pycroft mich konsultierte. Erinnern Sie sich Watson?"

An dieser Stelle legte Holmes eine Pause ein und sah mich erwartungsvoll an.

„Oh ja, Holmes", entgegnete ich, „daran erinnere ich mich noch sehr gut. Das Ganze ereignete sich kurz nach meiner Vermählung. Sie besuchten uns und erzählten mir von dieser Geschichte. Ich hatte die Ehre dem letzten Akt des Dramas beiwohnen zu dürfen, als Sie Mr. Arthur Prime als den bekannten Fälscher und Einbrecher Thomas Beddington überführten. Er und sein Bruder

Samuel waren der Polizei wohlbekannt, da sie stets gemeinsam Verbrechen verübten. Auch diesmal war es so. Während Thomas Beddington sowohl Arthur als auch Harry Prime verkörperte, trat Samuel Beddington die Stelle bei Mawson & Williams unter dem Namen von Mr. Pycroft an. Er wollte auf diese Weise an Informationen für einen späteren Einbruch gelangen. Dieser Einbruch fand auch statt, konnte aber durch das beherzte Eingreifen eines Wachmannes verhindert werden, der hierfür jedoch mit seinem Leben bezahlte. Scotland Yard gelang es dann kurze Zeit später Samuel Beddington zu ergreifen. Mit der Aussicht, dass seinem Bruder der Strang drohte, versuchte sich Thomas Beddington das Leben zu nehmen. Dies konnte jedoch durch uns vereitelt werden, da wir gerade zu diesem Zeitpunkt bei ihm eintrafen."

Nachdem ich geendet hatte, blickte ich Holmes stolz an.

„Sehr gut, Watson. Wie ich sehe, erinnern Sie sich noch ausgezeichnet an diesen Fall. Wissen Sie auch wie es mit dem kriminellen Geschwisterpaar weiterging?"

„Tut mir leid, Holmes, da muss ich passen. Zu der Zeit nahm meine Praxis meine ganze Aufmerksamkeit in Anspruch."

„Nun, dann werde ich Ihnen berichten, was sich weiter ereignete. Samuel Beddington wurde wegen schweren Raubes und Mord verurteilt und nach Newgate gebracht, wo, wie sie es so poetisch ausdrückten, der Strang auf ihn wartete. Dem Anwalt von Thomas Beddington gelang es, dass sein Mandant nur wegen Betruges angeklagt wurde. Und der missglückte Selbstmordversuch von Thomas Beddington wurde als Reue über die schändlichen Taten seines Bruders interpretiert, sodass er eine mildere Strafe erhielt. Das Gericht entsprach sogar seiner Bitte, auch in Newgate eingesperrt zu werden, um seinen Bruder bis zur Hinrichtung nahe sein zu können."

Hier legte Holmes wieder eine Pause ein und blickte mich interessiert an. Offensichtlich schien er auf einen Kommentar meinerseits zu warten. Da ich jedoch keine Ahnung hatte, was er erwartete, sprach ich einfach aus, was ich empfand.

„Da sich die beiden Brüder sehr nahe standen, ist es zum einen ja sehr schön, dass das Gericht dem Wunsch von Thomas Beddington entsprach. Aber andererseits sollte man nicht vergessen, dass es sich bei den Brüdern um Verbrecher handelt, die ihrerseits kein Erbarmen für ihre Opfer aufbrachten. Abgesehen davon, halte ich es aber auch für unklug Thomas Beddington in ein Gefängnis zu sperren, indem es vor Schwerkriminellen wimmelt. Wer weiß was aus ihm nun wird, unter einem solchen schlechten Einfluss. Eventuell wird der Gerichtshof ihrer Majestät in ein paar Jahren bereuen, so gnädig gewesen zu sein."

Ein kurzes Schmunzeln huschte über das Gesicht von Holmes bevor er sagte:

„Solange werden wir nicht warten müssen."

Erstaunt blickte ich meinen Freund an. Dann fuhr er in gewohnter Weise mit seiner Schilderung fort.

„Im Zuchthaus von Newgate freundete sich Thomas Beddington mit Bill Harper an. Dieser ist seines Zeichens ein Schmuggler und seit einer Unstimmigkeit mit einem seiner Kumpane, die für diesen übrigens tödlich endete, ist er auch des Mordes für schuldig befunden worden. Bill Harper scheint für Thomas Beddington die Stelle seines Bruders eingenommen zu haben. Die beiden sind mittlerweile unzertrennlich, so dass es einen nicht verwundert, dass sie vor etwa einem halben Jahr, als sich die Gelegenheit bot, gemeinsam die Flucht antraten."

„Weiß man wo sie sich aufhalten? Oder hat man sie bereits ergriffen?", frug ich gespannt.

„Ergriffen hat man sie noch nicht, doch vermutet die Polizei sie immer noch in London. Was ich jedoch nie angenommen habe."

„Und wieso nicht, Holmes?"

„Weil sich zwei Gefangene, auf deren Ergreifung ihre Majestät eine Belohnung ausgesetzt hat, nicht solange in der denunziantenhaften Verbrecherwelt Londons unbemerkt aufhalten könnten."

„Vielleicht haben sie sich ja getrennt?"

„Nun, das wäre zwar möglich, aber nicht sehr wahrscheinlich. Zwischen den beiden Entflohenen existiert eine Verbindung, die dem Verhältnis zwischen einem Löwen und einer Hyäne nicht unähnlich ist. Die Hyäne muss sich in der Nähe des Löwen aufhalten, sonst hat sie keine Chance zu überleben. Hätten sich Thomas Beddington und Bill Harper getrennt, so hätte der Polizeiapparat ihrer Majestät zumindest Thomas Beddington schon längst ergriffen."

„Und haben Sie eine Idee, wo sich die beiden aufhalten könnten?"

„Mehr als das, Watson. Ich weiß es sogar genau!"

Erstaunt blickte ich meinen Freund an.

„Und wo?"

„Nun", begann Holmes ein wenig gedehnt. „Als mich die Flucht der beiden noch nicht weiter interessierte, hatte ich nur eine vage Vorstellung über ihren Aufenthaltsort."

Wieder legte Holmes eine Pause ein.

„Ja und? Wo denn nun?"

„East Sussex."

Verwundert sah ich meinen Freund an, doch bevor ich ihm eine Frage stellen konnte, begann er bereits mit seiner Begründung fortzufahren.

„Thomas Beddington hat niemals ein zuhause gekannt. Er hat stets den Ort als sicher empfunden, wo ihn sein Bruder hinführte. Genauso wird er sich auch jetzt verhalten. Das heißt, er wird den Ort als sicher ansehen, den Bill Harper als sicher empfindet. Und das muss, so war mir bereits seit ihrer Flucht klar, East Sussex sein.“

„Und warum fühlt sich Bill Harper in East Sussex sicher?“

„Weil ihm diese Gegend seit frühester Kindheit wohl vertraut ist. Er ist in Hastings geboren und aufgewachsen. Seine Ortskenntnisse sind daher sehr umfassend, was ihm schon einigen Nutzen bescherte. Insbesondere, da er, wie sein Vater, das Schmugglerhandwerk ergriff.“

„Meine Güte, wenn ich daran denke, dass ich vor kurzem mit Mary und Mrs. Forrester in Hastings war. Wer weiß, vielleicht sind wir unwissend Bill Harper oder Thomas Beddington sogar begegnet.“

„Ganz bestimmt nicht, Watson.“

Ich fühlte mich durch diese Bemerkung ein wenig gekränkt. Wie konnte Holmes mit solcher Gewissheit behaupten, dass so etwas nicht sein konnte? Das war doch wirklich anmaßend. Daher frug ich ein wenig pikiert.

„Und warum kann das nicht gewesen sein?“

„Weil Bill Harper und Thomas Beddington die ganze Zeit über Robertsbridge nicht verlassen haben!“

Fassungslos starrte ich Holmes an. Meine Gedanken überschlugen sich und es dauerte eine Weile, bis ich in der Lage war mein Erstaunen auch in Worten auszudrücken.

„Die beiden sind hier in Robertsbridge? Das ist doch unmöglich! Wie sollen es denn zwei Fremde schaffen in diesem ländlichen Dorf unbemerkt zu bleiben?“

„Oh, dazu haben sie sich etwas raffiniertes einfallen lassen, doch dazu später mehr. Zunächst möchte ich jedoch, wenn Sie nichts dagegen haben, mein lieber Freund, mit meiner Aufzählung der Ereignisse fortfahren.“

Natürlich hätte ich viel zu gern sofort eine konkrete Antwort auf meine Frage erhalten. Ich wusste aber auch, dass Holmes bei der Darlegung eines Falles stets seinem eigenen logischen Muster folgte. Wurde er dabei gestört, so konnte es durchaus sein, dass er sich in sich zurückzog und eventuell nicht weiter auf den Fall einging. Daher blieb mir nichts anderes übrig, als meine wachsende Neugierde zu bezähmen, mich in Geduld zu üben und seinen weiteren Ausführungen zu lauschen.

„Die nächste wichtige Begebenheit war ein Brand, der sich vor drei Wochen ereignete. Vielleicht haben Sie den Artikel in der Times, der sich mit dem Brand in der Papiermühle Fairbanks in der Emmett Street befasste, gelesen?“

Holmes blickte mich fragend an. Da ich mich jedoch weder an den Artikel erinnern noch einen Zusammenhang zu dem vorhergesagten erkennen konnte, schüttelte ich nur den Kopf.

„Nun, Watson, mein Interesse an diesem Brand wäre sicherlich auch nicht geweckt worden, hätte ich nicht gewusst, dass sich die Papiermühle Fairbanks durch die hohe Qualität ihres Papiers auszeichnet. Sie beliefert sogar die Druckereien ihrer Majestät – doch zurück zu dem Brand. Die Emmett Street befindet sich, wie sie vielleicht wissen, auf der Isle of Dogs, nahe den West India Docks. Aufgrund dieser Nähe zur Themse konnte der Brand schnell unter Kontrolle gebracht werden, sodass die Fabrikationshalle verschont blieb. Der ältere Teil des Gebäudes, der als Lagerhalle diente, brannte jedoch fast vollkommen aus.“

Hier legte Holmes eine Pause ein, um die Bedeutung seiner Worte hervorzuheben. Ich muss jedoch zugeben, dass mir diese Bedeutung nicht klar war. Und daher frug ich verwundert:

„Holmes, was hat ein Brand in einer Papiermühle denn mit Bill Harper und Thomas Beddington zu tun? Ich meine, Brände entstehen in dieser Jahreszeit und bei der Hitze, die momentan herrscht, sehr schnell. Vielleicht handelt es sich bei dem Brand nur um einen Unglücksfall, denn warum sollte überhaupt irgendjemand eine Papiermühle anzünden? Wem könnte eine solche Tat denn von Nutzen sein?“

„Das ist genau die Frage, die ich mir auch stellte, Watson, vor allem nachdem ich mir die abgebrannte Lagerhalle angesehen hatte. Der Boden war übersät mit verbranntem Papier, doch an der parallel zur Themse verlaufenden Wand fand ich noch einige Papierstöße, die gar nicht oder kaum angesengt waren. Sie sind wohl verschont geblieben, da sie als erste vom Löschwasser profitierten. Ich untersuchte diese Papierstöße genauer, und obwohl sie mit Wasser durchtränkt waren, konnte man den aufdringlichen Geruch von Petroleum wahrnehmen.“

„Sie meinen also, dass jemand mit dem Petroleum vorsätzlich einen Brand gelegt hat?“

„Richtig, Watson.“

„Und was sagt Scotland Yard dazu?“

„Man hat mir freundlich, aber unmissverständlich klar gemacht, dass dieser Brand ein Unfall war. Da es sich bei dem Lagerraum um ein sehr altes Gebäude handelte, gab es dort keine Gasbeleuchtung. Licht gab es nur durch die großen Fenster und einigen stets bereitstehenden Petroleumlampen. Scotland Yard ist fest davon überzeugt, dass der Brand durch eine schadhafte Glasscheibe entstand und der von mir wahrgenommene

Petroleumgeruch von den während des Feuers zerborstenen Lampen stammt."

Ich musste zugeben, dass ich die Begründung von Scotland Yard durchaus nachvollziehen konnte. Sie klang für mich logischer, als die von Holmes geschilderte Darstellung einer Brandstiftung. Andererseits mochte ich meinem Freund aber auch nicht sagen, dass ich seine Theorie für absurd hielt. Ich war der festen Überzeugung, dass er dies selbst erkennen würde, wenn er sich weiter mit der Frage beschäftigen müsste, wer denn der Nutznießer einer solchen Tat sein solle. Daher frug ich erneut:

„Holmes, wem würde denn eine Brandstiftung nutzen?"

„Nun, Watson, zunächst dachte ich an einen Versicherungsbetrug, doch dies stellte sich als Fehlannahme heraus."

Zufrieden mit mir, wartete ich darauf, dass Holmes nun vielleicht einräumen würde, dass es keinen Nutznießer gab. Doch als mein Freund weitersprach, offenbarte sich mir eine viel düsterere Wahrheit.

„Ich frug mich daher, wer vielleicht noch ein Interesse haben könnte, ein Lagerhaus, gefüllt mit hochwertigem Papier, abzubrennen. Und dann lag die Lösung klar vor mir: Ein Dieb, der versucht durch den Brand seinen Einbruch zu verschleiern. Wer will schon sagen können ob 35 oder 70 cubic feet Papier mehr oder weniger verbrannt sind."

„Aber wer sollte denn so viel Papier stehlen wollen? – Oh, warten Sie mal, Holmes. Ich glaube, jetzt weiß ich worauf sie hinaus wollen. Sie glauben, dass Bill Harper und Thomas Beddington Geld oder Aktien fälschen wollen. Aber Holmes, ist das nicht ein wenig weit hergeholt?"

„Ganz gewiss nicht, Watson. Hierzu sollten Sie wissen, dass vor zwei Monaten in einer alten Druckerei in Salehurst eingebrochen wurde. Der Einbruch wurde nicht besonders ernst genommen, da

die Druckerei schon lange nicht mehr in Betrieb ist und es dort bereits vermehrt zu Einbrüchen kam. Ich bin fest davon überzeugt, dass Bill Harper und Thomas Beddington sich dort eine Tiegeldruckpresse, als auch einen Rohling und Werkzeug zur Herstellung einer Matrize besorgt haben."
An dieser Stelle holte Holmes seine Bryerepfeife und einen Tabaksbeutel aus seinem Jackett hervor und begann, die Pfeife zu stopfen. Während er damit beschäftigt war, hing ich meinen eigenen Gedanken nach. Ich musste zugeben, dass seine Schlussfolgerungen durchaus möglich waren. Unter dem Gesichtspunkt, dass Thomas Beddington wirklich ein begnadeter Fälscher war, wäre es wahrlich ein genialer Schachzug gewesen, den Einbruch in der Papiermühle durch einen Brand zu kaschieren. Doch als ich meinem Freund ein Lob für diese kühne Gedankenkette aussprechen wollte, fiel mir auf, dass er einen wesentlichen Punkt nicht bedacht hatte. Holmes wollte gerade mit seiner Schilderung fortfahren, als ich ihn wohlgefällig unterbrach. Mit Stolz in der Stimme, da ich der festen Überzeugung war diesmal klüger als Holmes zu sein, bemerkte ich:

„Eine schöne Schlussfolgerung, Holmes. Aber es scheint mir, Sie haben einen essentiellen Aspekt außer Acht gelassen."

„Tatsächlich, Watson? Was habe ich denn Ihrer Ansicht nach nicht bedacht?"

„Nun, sowohl für das Drucken von Aktien, als auch von Banknoten, benötigt man spezielle Tinte. Und wie ich aus Ihrer Darlegung entnehmen konnte, hat unser Verbrecherduo noch keine Tinte gestohlen, oder?"

Herausfordernd blickte ich Holmes an. Seine Mundwinkel zuckten und ein leises Lächeln spielte um seine Lippen, bevor er mir antwortete.

„Mein lieber Freund, das ist eine hervorragende Beobachtung von Ihnen gewesen. Doch irren Sie sich diesbezüglich in zwei Punkten. Zum einen, habe ich diesen Aspekt nicht außer Acht gelassen, sondern ihn eher zum Mittelpunkt meiner Ermittlung gemacht. Und zum anderen, und dieser Punkt ist gravierender als Ihre Fehleinschätzung meiner Deduktionskunst, ist unser Verbrecherduo bereits seit einigen Tagen im Besitz dieser speziellen Tinte."

Überrascht sah ich meinen Freund an.

„Davon haben Sie aber noch nichts erzählt, Holmes."

„Das stimmt, Watson. Doch liegt dies nicht an mir, sondern an Ihnen, da Sie mit Ihrer voreiligen Schlussfolgerung meine Darlegung des Falles unterbrachen."

Ich musste zugeben, das Holmes damit Recht hatte. Und da ich verständlicherweise darauf nicht weiter eingehen wollte, frug ich schnell:

„Wann hat unser Verbrecherduo denn die Spezialtinte gestohlen?"

„Nun Watson, leider muss ich sagen, dass unser Verbrecherduo die Spezialtinte überhaupt nicht stehlen musste. Man hat sie ihnen bereitgestellt, genauer gesagt: Mr. Welling hat ihnen ein Fass in einer Lagerhalle in Hastings zur Abholung bereitgestellt."

Verblüfft und ungläubig starrte ich meinen Freund an.

„Das ist unmöglich, Holmes. Ich habe Mr. Welling kennengelernt. Er ist ein Gentleman, ein wahrer Ehrenmann. Er würde sich niemals zu einer kriminellen Handlung hinreißen lassen. Sie müssen sich irren, Holmes."

Ich hatte mich während meiner letzten Worte sehr erregt, was Holmes sicherlich registrierte. Doch schien ihn dies nicht zu tangieren, eher im Gegenteil, er zog genüsslich an seiner Pfeife und ich hatte das Gefühl, das er sich über meine Aufgewühltheit amüsierte. Daher frug ich leicht gereizt:

„Von wem haben sie diese groteske Anschuldigung gegen Mr. Welling überhaupt zugetragen bekommen? Es kann sich dabei nur um eine Verleumdung handeln."

„Von Ihnen, mein lieber Freund."

Ich riss weit die Augen auf und spürte wie meine Kinnlade nach unten fiel. Ungläubig und verwirrt schaute ich auf meinen Freund. Nur zu gerne hätte ich irgendetwas gesagt, doch dazu war ich nicht in der Lage. Holmes mit seinem Hang zur Theatralik genoss diesen Augenblick sichtlich. Ich für meinen Teil war froh, als er endlich weitersprach.

„So, Watson. Ich glaube, ich habe sie genug in Erstaunen gesetzt und es wird nun Zeit, ein wenig Ordnung in die losen Fäden dieses Falles zu bringen. Also ich fasse noch einmal zusammen:"

Mit diesen Worten nahm er die Pfeife in die rechte Hand und zählte mit den Fingern der linken Hand die einzelnen Aspekte auf, die ihm wichtig erschienen.

„ 1. Im Zuchthaus von Newgate nimmt der Schmuggler und Totschläger Bill Harper den labilen Thomas Beddington unter seine Fittiche.

2. Beiden gelingt die Flucht aus dem Zuchthaus. Ihr neuer Aufenthaltsort ist East Sussex. Seit vierzehn Tagen befinden sie sich in Robertsbridge.

3. Vor zwei Monaten gelangt unser Verbrecherduo in den Besitz einer Tiegeldruckpresse, eines Rohlings und des nötigen Werkzeugs zur Herstellung einer Matrize.

4. Vor drei Wochen wird ein Brand in der Papierfabrik Fairbanks gelegt, um den Raub einer größeren Menge hochwertigen Papiers zu verschleiern.

Versehen mit diesen Hintergrundinformationen erreichte mich dann Ihr erster Brief. Das Idyll, das Sie mir schilderten, schien perfekt zu sein. Doch kennen Sie mich, Watson, und Sie wissen, was ich von dem angeblichen friedlichen Landleben halte. Hier können die grausamsten Verbrechen weit besser vertuscht werden, als in der Londoner Metropole, wo es in jeder Gasse vor neugierigen Augen und Ohren wimmelt. Ich war daher nicht überrascht, als mich schon kurze Zeit später Ihr zweiter Brief erreichte. Ich muss Ihnen für Ihre genaue Schilderung wirklich Dank aussprechen, mein lieber Freund. Sie haben die Veränderungen in Ihrer Umwelt klar geschildert, ohne sie durch eigene Deutungen zu verunklären."

Hier legte Holmes eine kurze Pause ein und zog an seiner Pfeife. Auf meinem Gesicht muss ein zufriedenes Lächeln gelegen haben, denn ich empfand aufrichtigen Stolz für die warmen Lobesworte von Holmes. Zwar hatte ich noch immer keine Ahnung, inwieweit meine Briefe für Holmes von Interesse gewesen waren und was für Schlüsse er daraus gezogen hatte, doch im Moment war ich damit zufrieden, ihm offensichtlich eine Hilfe gewesen zu sein. Dieses Gefühl verließ mich jedoch schlagartig, als Holmes mit seiner Schilderung fortfuhr.

„Aus dem Verhalten der Wellings war eindeutig zu entnehmen, dass etwas passiert sein musste, was ihr Leben aus der festgefügten Bahn geworfen hatte. Doch was mochte dies gewesen sein? Ein Verdacht kam mir, als ich ihr äußerst interessantes Gespräch mit Mrs. Esther Brown las."

Auch hier legte Holmes wieder eine Pause ein und schien gedankenverloren an seiner Pfeife zu ziehen. Mich beschlich jedoch der Verdacht, dass er die Namen der handelnden Personen verwechselte, denn wenn ich in einem Punkt Klarheit besaß, dann war es der, dass es sich bei Mrs. Esther Brown um eine geistig verwirrte Person handelt, deren Gerede bedeutungslos ist. Holmes schien wieder einmal meine Gedanken gelesen zu haben, denn als er weitersprach spielte ein leises, wohlwollendes Lächeln um seine Lippen.

„Nein, Watson, Sie irren sich, wenn Sie meinen, dass die Erzählung von Mrs. Esther Brown nichts wert ist. Zugegeben, die Bedeutung ihrer Beobachtung war ihr nicht bewusst, und so suchte sie für sich selbst eine Erklärung, basierend auf dem tragischen Tod ihres Sohnes Georgie. Das verklärte verständlicherweise ihre Schilderung. Trotzdem bleibe ich dabei, dass ihre Beobachtung für mich der Grund war, weitere Ermittlungen anzustellen."

Mittlerweile ungeduldig, da Holmes sich noch immer nebulös ausdrückte und ich nicht in der Lage war ihm zu folgen, unterbrach ich ihn etwas brüsker als beabsichtigt.

„Was in Gottes Namen hat Mrs. Esther Brown denn beobachtet?"

„Den verzweifelten und leider fehlgeschlagenen Fluchtversuch des entführten Robert Welling."

Fassungslos starrte ich meinen Freund an. Es dauerte eine Weile, bis es mir möglich war etwas zu erwidern:

„Holmes, da müssen Sie sich irren. Robert Welling befindet sich aufgrund einer Verfehlung noch in der Obhut des Internates."

„Das ist die offizielle Lesart, für deren Verbreitung Mr. Welling gesorgt hat. Ich muss zugeben, dass dies keine schlechte Idee von ihm war, denn er musste eine plausible Erklärung für das Fehlen seines Sohnes haben."

„Dann hat mich Mr. Welling also vorsätzlich belogen, als ich mich nach Robert erkundigte?"

„Ja, Watson. Doch müssen sie ihm diese Lüge nachsehen. Er befand sich in einer Zwangslage, da ihm die Entführer in ihrem Entführungsschreiben neben ihrer eindeutigen Forderung der

Spezialtinte auch mitteilten, dass er seinen Sohn nicht lebend wiedersehen würde, falls er nicht Stillschweigen bewahre."

„Woher wissen sie denn das nun schon wieder, Holmes? Hat sie Mr. Welling vielleicht doch noch ins Vertrauen gezogen?"

„Nein, Watson. Dieses Risiko wollte und konnte Mr. Welling nicht eingehen. Sie haben bei ihrem Besuch im *The Seven Stars Inn* selber feststellen können, dass man in dieser ländlichen Umgebung nichts geheim halten kann. Mr. Welling ist sich dieser Tatsache ebenfalls durchaus bewusst. Und daher zog er es vor, niemanden über den wahren Sachverhalt in Kenntnis zu setzen. Mein Wissen von der Existenz des Erpresserbriefes und seinen Inhalt erhielt ich, als ich am vergangenen Samstag bei den Wellings eingebrochen bin."

In meinem Kopf schwirrten die unterschiedlichsten Gedanken und Fragen. Langsam fing mein Verstand an die Zusammenhänge und Hintergründe dieses Verbrechens zu erfassen. Während ich versuchte die mir neuen Informationen zu ordnen, fuhr Holmes mit seiner Schilderung fort.

„Ich fürchte, Watson, ich beginne bereits wie Sie die Geschehnisse nicht mehr in einer chronologischen oder logischen Abfolge zu schildern. Also zurück zu Ihrem zweiten Brief. Sie berichteten über eine nicht greifbare Bedrohung, dem seltsamen Verhalten der Wellings und ihrem Gespräch mit Ester Brown. Da ich erwartete, dass Bill Harper und Thomas Beddington bald mit etwas Gedrucktem aufwarten würden, keimte in mir sehr schnell der Verdacht, dass Robert Welling entführt worden war, um seinen Vater zur Herausgabe der Spezialtinte zu zwingen. Mein Verdacht wurde dann bestärkt, als ich mich beim Direktor des Internats, einem gewissen Mr. Warren, nach Robert Welling erkundigte. Ich gab vor ein entfernter Verwandter zu sein, der lange im Ausland war und nun eine kurze Geschäftsreise nach London unternommen habe. Weiterhin gab ich vor während meines Aufenthaltes dem Knaben und seinen Eltern gerne einen Überraschungsbesuch abzustatten. Ich wäre mir aber nicht sicher, ob sich Robert noch im Internat oder schon bei seinen Eltern in Robertsbridge befände. Hierauf teilte mir Mr. Warren mit, dass Robert kurz vor Ferienbeginn das Internat verlassen habe. Er selbst habe den Knaben zum Bahnhof von Tonbridge begleitet und gewartet, bis der Zug mit ihm abgefahren sei."

„Heißt dass, dass Robert die Heimreise allein antrat, ohne Begleitung?"

„Ja, Watson. Wie mir Mr. Warren anvertraute, hatten Mr. und Mrs. Welling eigentlich geplant, ihren Sohn am Mittwoch den 2. Juli gemeinsam mit der Kutsche abzuholen. Doch dann hatte Mr. Warren am frühen Nachmittag des 1. Juli ein Telegramm von Mr. Welling erhalten, indem dieser ihm mitteilte, dass er aufgrund dringender Geschäfte Hastings die nächsten Tage nicht verlassen könne, er den Knaben aber gern wohlbehalten in Robertsbridge bei seiner Mutter wüsste. Daher bat er Mr. Warren den Knaben in den nächsten Zug zu setzen. Mrs. Welling würde Robert dann am Bahnhof von Robertsbridge abholen. Mr. Warren weiß, dass Mr. Welling ein vielbeschäftigter Geschäftsführer ist, und hegte daher keinen Argwohn bezüglich des Telegramms. Außerdem hatte er den Knaben ja wohlbehalten in den Zug gesetzt, und welche Gefahr sollte ihm jetzt noch drohen? – Zwar ist die South Eastern Railway hinreichend dafür bekannt, dass ihre Züge unpünktlich sind, die Wagen sich in keinem guten Zustand befinden und die Fahrpreise überteuert sind, doch haben sie noch stets jeden Fahrgast an seinen Bestimmungsort befördert - Nein, Mr. Warren ist wahrlich kein Vorwurf zu machen. Woher sollte er ahnen, dass es sich bei dem Telegramm um ein Fingiertes handelte."

„Aber Holmes, dass setzt doch voraus, dass die Entführer genau darüber im Bilde waren, was die Wellings planten. Brauchten sie dazu nicht einen Mitwisser im Haushalt der Wellings?“

„Nicht unbedingt, Watson. Erinnern Sie sich nur mal daran, mit welcher Freude Mrs. Welling Ihrer Gattin von der baldigen Heimkehr Roberts und ihren eigenen Plänen diesbezüglich berichtete. Ihre Gattin und Mrs. Forrester werden sicherlich nicht die einzigen gewesen sein, denen sie dies anvertraute. Denken Sie weiterhin an Ihre richtige Einschätzung, dass man in dieser ländlichen Umgebung nichts geheim halten kann.“

„Ja, da haben Sie recht, Holmes. – Sagen Sie, haben Sie auch eine Idee, wie die Entführer sich des Knaben bemächtigten?“

„Nun, was das angeht, so bewege ich mich im Reich der Hypothesen und Vermutungen. Aber wenn es Sie interessiert, werde ich Ihnen mein Szenario gerne mitteilen.“

Holmes blickte mich fragend an und ich beeilte mich ihm mitzuteilen, dass ich äußerst interessiert sei.

„Nun Watson, ich denke, dass Thomas Beddington kurz nach Tonbridge ebenfalls den Zug bestieg. Er hat sich zu Robert ins Abteil gesetzt und versucht, dessen Vertrauen zu gewinnen. Inwieweit ihm dies gelungen ist vermag ich zwar nicht zu sagen, aber ich nehme an, dass es für den Eindruck, den er erwecken wollte, wohl reichte.“

„Und welchen Eindruck wollte er erreichen?“

„Das die beiden zusammengehören.“

„Aber Holmes, selbst wenn Robert dem Mann keinen Argwohn entgegenbrachte, glaube ich nicht, dass er einfach mit ihm mitgegangen ist.“

„Richtig Watson, dass glaube ich auch nicht. Vielmehr nehme ich an, dass Thomas Beddington dem Knaben während der Fahrt ein Betäubungsmittel verabreichte, eventuell in einer dargebotenen

Süßigkeit. Am Bahnhof von Etchingham, der letzten Station vor Robertsbridge, verlässt er dann mit dem betäubten Kind den Zug. Falls es Mitreisende gab, die dies beobachteten, haben sie vermutlich angenommen, dass der Junge aufgrund der späten Stunde und der Bahnfahrt übermüdet war. Am Bahnhof wartete dann Bill Harper mit einem Leiterwagen, auf dessen Ladefläche sie den Knaben legten und über den sie, sobald sie keine Zuschauer befürchten mussten, eine Plane breiteten. So traten sie die Reise nach Robertsbridge an. Bei der Abbiegung zur Ruine verließen sie die Straße und fuhren auf dem Waldweg weiter. Mittlerweile hatte das Betäubungsmittel, das man Robert verabreicht hatte, an Wirkung verloren. Er kam langsam wieder zu Bewusstsein und lugte unter der Plane hervor. Er erkannte, dass er sich nicht weit von zu Hause befand. Er sprang vom Wagen und rief so laut er konnte um Hilfe. Der Leiterwagen kam zum stehen und Bill Harper nahm die Verfolgung des armen Knaben auf. Er holte ihn ein und schleppte ihn zurück zum Wagen. – Für all dies gibt es eine Zeugin, nämlich Mrs. Esther Brown, die jedoch leider nicht in der Lage war, ihre Beobachtung richtig zu deuten."
Hier legte Holmes eine Pause ein, zog an seiner Pfeife und fuhr dann fort:
„Mittlerweile ereignete sich gleichzeitig ein weiteres Drama. Die Hündin Chelsea unternahm zu dieser Zeit ihren Abendspaziergang auf dem Anwesen der Wellings. Sie hörte die Hilferufe und Angstschreie Roberts und reagierte sofort. Sie lief zur alten Ruine um Robert zu helfen, sprang Bill Harper an und versuchte nach ihm zu schnappen, damit Robert frei komme. Dies Verhalten ist übrigens durchaus nicht ungewöhnlich für diese Hunderasse. Ich weiß nicht, ob es ihnen bekannt ist, Watson, aber bei einem früheren Fall war es äußerst wichtig, die Charaktereigenschaften verschiedener Hunderassen zu kennen. Leider gab es damals kein

Fachbuch hierzu, das meinen Ansprüchen genügt hätte. So begann ich also selbst eine kleine Abhandlung hierüber zu verfassen und ich kann ihnen daher versichern, dass es sich bei dem Sussex Spaniel um einen ausgezeichneten Stöberhund handelt, der in der Lage ist, selbstständig, planmäßig und gründlich im Dickicht oder Schilf nach Hoch- oder Niederwild zu suchen. Neben dem freundlichen, lebhaften und tatkräftigem Wesen, das dieser Hunderasse zur eigen ist, zeichnet er sich besonders dadurch aus, das er auch in unübersichtlichem Gelände und außerhalb der Kontrolle eines Hundeführers eine Spur verfolgt. Trotz all dieser Tugenden hatte Chelsea jedoch gegen Bill Harper keine Chance. Er brach dem armen Tier das Genick und versteckte den Kadaver in einem verlassenen Dachsbau. Dann setzten unsere Entführer ihre Fahrt fort und erreichten die alte Abtei, die zur Schmiede umgebaut wurde und die seit einiger Zeit leer steht."
Hier legte Holmes wieder eine kurze Pause ein und zog erneut an seiner Pfeife. Ich nutzte diese Unterbrechung um ihm einige Frage zu stellen.

„Und befinden sich Bill Harper und Thomas Beddington immer noch dort?"

„Ja, Watson. Sie haben sich dort häuslich eingerichtet und die Tiegeldruckpresse in der Scheune aufgebaut."

„Aber Holmes, wie konnten sie sich dort nur solange unbemerkt aufhalten?"

„Nun, das verdanken sie den drei Mönchen. Die Furcht der Dorfbevölkerung vor dieser Erscheinung hält sie fern von diesem Ort."

„Dann gehören diese falschen Mönche also zu unseren Entführern?"

„Richtig, Watson. Sie sind von Bill Harper, der Aufgrund seiner Herkunft auch mit dieser Legende vertraut ist, zur Ablenkung engagiert worden."

Langsam fügten sich die Puzzlesteine an ihren Platz und ergaben ein vollständiges Bild. Während ich versuchte in meinem Gehirn die mich bestürmenden Gedanken zu ordnen, hatte Holmes seine Pfeife in den Aschenbecher gelegt und seine Augen fest geschlossen. Es schien fast so, als sei er eingenickt. Ich hätte es ihm nicht verdenken können, denn ich vermutete, dass er in den letzten Tagen sicherlich kaum Schlaf gefunden hatte. Doch auch auf die Gefahr hin Holmes aus einem erholsamen Schlaf aufzuschrecken, musste ich ihm noch unbedingt eine Frage stellen, die mich schon seit einer Weile beschäftigte und mir keine Ruhe ließ.

„Und was ist mit Robert Welling? Wird er auch dort festgehalten?"

Es dauerte eine Weile bis er mir antwortete. Seine Augen blieben jedoch auch dann noch geschlossen.

„Als Zigeuner verkleidet war ich in der Lage, mich der alten Abtei, die zur Schmiede umgebaut wurde, unbemerkt zu nähern. Ich konnte Bill Harper und Thomas Beddington beim Drucken des Falschgeldes beobachten, doch von Robert Welling war nichts zu entdecken. Ich habe auch nicht erspähen können, dass einer von den Beiden irgendwann die Schmiede verlies, um den Ort aufzusuchen, an dem Robert festgehalten wird."

„Aber Holmes, irgendwo muss der Knabe doch sein."

„Ja, Watson. Aber ich fürchte, die wesentlichere Frage ist nicht wo, sondern …"

Hier legte Holmes eine Pause ein und öffnete die Augen. Da er seinen Satz nicht beendet hatte, sah ich ihn fragend an.

„Nun Watson, ich glaube die wesentliche Frage ist, ob Robert überhaupt noch lebt."

„Aber Holmes, warum sollten sie das Kind denn töten?"

„Zum einen, weil er die Gesichter seiner Entführer gesehen hat und zum anderen, weil er für sie wertlos ist, jetzt wo sie die Spezialtinte von Mr. Welling ja erhalten haben."

„Aber Holmes, ein wehrloses Kind umzubringen, dazu bedarf es doch einer kaum vorstellbaren Grausamkeit."

„Gewiss Watson, aber vergessen Sie nicht, dass Bill Harper bereits gemordet hat. Seine Hemmschwelle ist dadurch sehr niedrig und wenn ich daran denke, dass er Chelsea das Genick gebrochen hat, möchte ich nicht auf das Wohlwollen von Mr. Harper angewiesen sein."

Besorgt blickte ich Holmes an. Es dauerte eine Weile bis er weitersprach:

„Die Entführung von Robert Welling ist eine gefährliche und dramatische Komponente in diesem Fall. Würde es nur um Brandstiftung, Diebstahl und Fälscherei gehen, hätte ich schon längst Scotland Yard benachrichtigt. Doch hier liegt der Fall anders, hier steht das Wohl des Kindes im Vordergrund. Und solange wir nicht Gewissheit über das Schicksal Roberts haben, müssen wir davon ausgehen, dass er noch lebt und gerettet werden kann. Daher habe ich auch noch nicht eingegriffen, sondern gewartet und dabei versucht mich mit der Abtei und der Umgebung vertraut zu machen. Doch nun drängt die Zeit."

Neugierig geworden durch diese weitere nebulöse Andeutung frug ich:

„Und warum drängt die Zeit?"

„Wie Sie mir in ihrem zweiten Brief mitteilten, berichtete ihnen der Gastwirt Peter Hunt, dass es allgemein bekannt sei, dass das Erscheinen der drei Mönche nur solange zu beobachten ist, bis der

Neumond über dem Vollmond siegt. Oder wenn man es nicht so poetisch wie Mr. Hunt ausdrücken möchte, bis der Mond halb abgenommen hat. Vom Vollmond bis zum Halbmond braucht es ungefähr acht Tage. Das bedeutet der Spuk mit den Mönchen bleibt nur solange glaubhaft, bis diese Frist verstrichen ist. Vollmond war am Dienstag den 1. Juli, was bedeutet, dass übermorgen, also am Mittwoch den 9. Juli, Halbmond ist. Um unbemerkt Robertsbridge verlassen zu können bleibt Bill Harper und Thomas Beddington also nur noch die morgige Nacht. Da wir die beiden benötigen, um Robert zu finden, müssen wir morgen Abend handeln."

„Und haben sie einen Plan, Holmes?"

„Ja, aber davon werde ich ihnen morgen berichten. Heute Nacht sollten Sie versuchen, noch so viel Schlaf wie möglich zu finden, Sie werden ihn nötig haben."

„Und Sie, Holmes?"

„Ich werde hier noch etwas sitzen bleiben und bei einer weiteren Pfeife unser morgiges Eingreifen noch einmal in Gedanken durchspielen."

Mit diesen Worten fing er an, seine Pfeife erneut zu stopfen. Unsicher blickte ich meinen Freund an, ob ich ihn wirklich hier im Arbeitszimmer von Mr. Forrester allein lassen konnte. Er hatte Schlaf sicherlich nötiger als ich. Doch bevor ich meine Zweifel anmelden konnte, blickte mich Holmes mit einem Blick an, der keinen Widerspruch duldete. Dann lächelte er kurz und entgegnete:

„Gute Nacht, Watson."

Ich wusste, dass Holmes sich nun ganz in sich selbst zurückziehen würde, um seinen Plan noch einmal zu durchdenken. Weitere Informationen würde ich von ihm nicht mehr erhalten. Daher blieb mir, auch wenn es mir schwer fiel, nichts anderes übrig, als ihm auch eine gute Nacht zu wünschen

Ich schaffte es tatsächlich mich geräuschlos zu Mary ins Bett zu legen und hoffte bald Schlaf zu finden. Es sollte jedoch noch einige Zeit vergehen, bis Müdigkeit und Erschöpfung über mein aufgewühltes Inneres siegten.

Der Plan

Als ich am nächsten Tag erwachte, war es bereits gegen Mittag. Der Platz neben mir im Bett war verwaist und ein schlaftrunkener Blick durch unsere Räume verriet mir, dass Mary sich schon vor einiger Zeit angekleidet hatte und nun sehr wahrscheinlich bei Mrs. Forrester weilte. Schnell wusch ich mich, kleidete mich an und begab mich ins Erdgeschoss. Ich fand Mary, Holmes und Mrs. Forrester im Esszimmer vor, wo sie offensichtlich auf meine Ankunft warteten. Nach einer allgemein herzlichen Begrüßung gesellte ich mich zu ihnen an den Tisch. Ein Blick auf die beiden Damen genügte mir, um darüber im Klaren zu sein, dass Holmes sie mittlerweile zumindest teilweise über die Sachlage aufgeklärt hatte. Während des Essens verlor er jedoch kein weiteres Wort hierüber, sondern erwies sich als charmanter und geistreicher Unterhalter. So plauderte er zum Beispiel über das von ihm kürzlich besuchte Violinkonzert in der Royal Albert Hall oder lobte den Lesesaal im Britischen Museum, indem er schon so manche Stunde zugebracht hatte. Während die beiden Damen nur einen leichten Salat als Lunch zu sich nahmen, servierte man Holmes und mir ein äußerst üppiges Frühstück. Nachdem wir unser Mahl beendet hatten, versuchten die Damen noch einige Details von Holmes zu erfahren, insbesondere über sein weiteres Vorgehen. Doch wie bereits in der Nacht davor ging Holmes auf diese Fragen nicht weiter ein, sondern bemerkte nur, dass für das Gelingen seines Planes absolute Geheimhaltung von Nöten wäre. Sichtlich enttäuscht zogen es daraufhin die Damen vor, den Nachmittag im

Garten zu verbringen, während Holmes und ich uns in das Arbeitszimmer des seligen Mr. Forrester begaben. Nachdem wir beide mit Zigarren und einem Whisky versorgt waren, begann Holmes mir seinen Plan darzulegen.

„Mein lieber Freund, sicherlich ist Ihnen nach meiner gestrigen Darlegung des Falles die missliche Lage klargeworden, in der wir uns befinden.“

„Ich glaube schon, Holmes. Das Problem ist, dass wir wissen, dass eine Straftat begangen wird, wir aber nichts dagegen unternehmen können, da wir sonst das Leben Robert Wellings gefährden.“

„Richtig, Watson. Würden wir die hiesige Polizei um Hilfe bitten, so wären wir gezwungen unsere Karten offen auf den Tisch zu legen. Wahrscheinlich würde man uns zunächst keinen Glauben schenken, sodass wir unnötig Zeit verlieren würden. Und wenn der Polizeiapparat sich dann wirklich in Bewegung setzen würde, so wäre es für Robert Welling vielleicht schon zu spät. Abgesehen davon befürchte ich, dass die örtlichen Polizeikräfte, bei der Ergreifung der Verbrecher, das wahre Ziel aus den Augen verlieren könnten.“

„Und das wäre?“

„Die Entführer lebend zu ergreifen, damit sie uns verraten, wo sie den Knaben versteckt halten.“

„Sie haben Recht, Holmes. Das Wohl des Kindes steht über allem. Und sich auf die Umsicht der örtlichen Polizeikräfte zu verlassen, könnte sich als Fehler herausstellen. Aber könnten wir nicht Inspektor Lestrade oder Inspektor Gregson um Hilfe bitten?“

„Nun, Watson. Diese beiden sind sicherlich das Fähigste, was Scotland Yard zu bieten hat. Sozusagen unter all den Blinden die einzig Sehenden. Doch einmal informiert wären sie gezwungen auf den Polizeiapparat und somit auf die vor Ort vorhandenen

Polizisten zurück zu greifen. Das Ganze würde in einer Erstürmung der Schmiede enden, ohne Gewähr, dass Thomas Beddington und Bill Harper daraus lebend hervorgehen."

„Aber Holmes, was können wir denn dann nur tun?"

„Wir werden eine List anwenden!"

„Eine List? Welche?"

„Nun, um das zu verstehen, muss ich Ihnen zunächst etwas mehr über diese falschen Mönche erzählen. Wie Sie gestern bereits selbst erkannten, dienen sie unserem Verbrecherduo als Ablenkung. Und dies nicht nur in der Zeit während das Falschgeld gedruckt wird, sondern auch schon davor."

Erstaunt blickte ich Holmes an.

„Bedenken sie Watson, unser Verbrecherduo musste unbemerkt die Tiegeldruckpresse, das Spezialpapier, die Spezialtinte und Robert Welling zur Schmiede bringen."

„Dann handelt es sich also bei unserem Verbrecherduo in Wirklichkeit um ein Quintett"

„Nur bedingt, Watson. Und genau das ist der Punkt, den wir nutzen werden."

„Ich fürchte, jetzt kann ich Ihnen nicht mehr folgen, Holmes."

„Nun, Watson, die Sache ist die, dass diese drei falschen Mönche zwar von Bill Harper engagiert wurden, sie aber sonst keinen Kontakt zu unserem Verbrecherduo unterhalten."

Ungläubig sah ich Holmes an.

„Ja, es stimmt wirklich, Watson. Meine Recherchen als Zigeuner ergaben, dass es sich bei unseren Mönchen um die Brüder John, Mike und Tom Critten aus Salehurst, einem kleinen Dorf nordöstlich von Robertsbridge, handelt. Sie gehen ebenfalls dem Schmugglerhandwerk nach und haben daher schon früher mit Bill Harper zusammen gearbeitet. Auch jetzt haben sie sich von ihm engagieren lassen, allerdings glauben die Critten-Brüder, es würde um ein großes Schmuggelgeschäft gehen, das durch ihre theatralischen Mönchsauftritte verschleiert werden soll."

„Und die drei Brüder leben nicht mit Bill Harper und Thomas Beddington in der Schmiede?"

„Nein, sie gehen auch weiterhin ihren eigenen kleinen Geschäften in Salehurst nach. Jeden Abend kommen sie zur Schmiede, wo sie von Bill Harper drei weiße Habite erhalten. Nach ihrem Auftritt auf dem Hügel suchen sie dann wieder die Schmiede auf, geben die Habite zurück und erhalten den Lohn für ihren Auftritt."

„Und das verhält sich jeden Abend so?"

„Ja, Watson."

„Erstaunlich! Ich meine, dass Bill Harper keine weiteren Mitwisser will, kann ich ja noch nachvollziehen, aber warum haben die drei Brüder nicht versucht, mehr über das große Geschäft im Hintergrund zu erfahren?"

„Nun, ich glaube, daran ist der Ruf von Mr. Harper schuld. Er galt wohl schon jeher als gefährlich und unberechenbar, doch seit dem Mord an einem seiner Komplizen genießt er uneingeschränkten Respekt und Achtung in seinen Kreisen."

„Aber ist es nicht für unser Verbrecherduo gefährlich, wenn die Critten Brüder stets zweimal in der Nacht bei der Schmiede erscheinen. Das hätte doch schnell mal jemand beobachten können."

„Es stellt sicherlich ein Risiko dar. Doch bedenken sie Watson, welche Furcht die Bewohner von Robertsbridge vor den Mönchen haben. Und den Critten Brüdern muss man zu Gute halten, dass sie die Strecke zwischen Salehurst und der Schmiede stets auf unterschiedlichen Wegen zurücklegen. Dabei benutzen sie nie Straßen oder Fuhrwege, sondern gehen querfeldein durch die ihnen offensichtlich sehr gut vertrauten Wälder."

„Und wie soll uns dies nun von Nutzen sein, Holmes?“

„Nun, mein Plan ist es, die drei falschen Mönche nach ihrem Auftritt auf dem Hügel in Gewahrsam zu nehmen und dann mit zwei Verbündeten, als verkleidete Zisterzienser die Schmiede aufzusuchen. Wenn mein Plan gelingt, wird Bill Harper kurz aus der Schmiede heraustreten um unsere Dienste zu bezahlen und die Habite in Empfang zu nehmen. In diesem Augenblick werden wir uns Zugang zur Schmiede verschaffen und so Bill Harper und Thomas Beddington überwältigen.“

„Ein hervorragender Plan, Holmes! – Sie sprachen von zwei Verbündeten, ich hoffe, der eine davon bin ich.“

„Ihre Begeisterung erfreut mich und ich hatte gehofft, dass Sie sich so äußern würden. Doch bedenken Sie, dass wir trotz aller Vorsicht scheitern können. Und ein Fehlschlagen unsererseits zieht vermutlich den Tod von Robert Welling nach sich.“

Und nach einer Pause fügte Holmes bitter hinzu:

„Aber vielleicht habe ich sowieso schon zu lange gewartet und der Knabe lebt schon längst nicht mehr.“

So enthusiastisch wie ich mich gerade noch gefühlt hatte, so schwer wurde mir jetzt das Herz, bei den letzten Worten meines Freundes. Daher dauerte es eine Weile bis ich das Schweigen zwischen uns beiden brach.

„Holmes, daran wollen wir gar nicht denken. Zunächst werden wir versuchen Ihren Plan durchzuführen. Darf ich fragen wer der zweite Verbündete ist?“

„Natürlich, Watson. Meine Wahl ist auf Mr. Welling gefallen.“

Erstaunt sah ich Holme an.

„Halten Sie das wirklich für eine gute Idee, Holmes? Ich kann zwar nachvollziehen, dass Sie nicht noch mehr Leute als nötig einweihen wollen. Aber ist Mr. Welling nicht gefühlmäßig zu sehr involviert um uns unterstützen zu können?“

„Ich denke, Watson, das gerade dieser Umstand uns eventuell zum Sieg verhelfen kann.“

„Wie das?“

„Nun, wenn ihm die Sachlage und mein Plan bekannt sind, wird er erkennen, dass dies der einzige Weg ist, das Leben seines Kindes zu retten.“

Ich war da zwar nicht so sicher wie Holmes, andererseits war es sein Plan und er würde schon am besten wissen, wie er ihn umsetzen sollte. Ich beschloss daher darauf nicht weiter einzugehen und frug stattdessen:

„Haben Sie mit Mr. Welling bereits Kontakt aufgenommen?“

„Noch nicht direkt, jedoch habe ich ihm per Boten eine Nachricht zukommen lassen. Sobald er sie erhalten hat, wird er sicherlich erscheinen.“

Kurz nachdem Holmes dies gesagt hatte vernahmen wir an der Haustür ein ungestümes Läuten, gefolgt vom Hämmern starker Fäuste. Vom Lärm herbeigerufen traten Mary, Mrs. Forrester, Holmes und ich die Eingangshalle. Der Diener öffnete die Haustür nur einen Spalt, aber die große Gestalt von Mr. Welling drängte sich trotzdem unaufhaltsam in die Eingangshalle. Seine Gestalt bot ein grauenvolles Bild, da Ärger, Furcht, Sorge, Verbitterung und Zorn zugleich sein Äußeres bestimmten. Die eine Hand hatte er zur Faust geballt, während die andere einen Zettel umschloss. Er stand in der Mitte der Eingangshalle und drehte sich um seine eigene Achse, während sein fragender Blick zunächst auf Mary, dann auf Mrs. Forrester, auf mich und abschließend auf Holmes fiel. Dabei schüttelte er aufgeregt die Hand mit dem Zettel und seine brüchige Stimme wiederholte stets:

„Was hat das zu bedeuten?“

Es entstand eine verwirrende und beängstigende Atmosphäre, die jedoch durch Holmes energische Stimme beendet wurde:

„Folgen Sie mir bitte, Mr. Welling. Dann werde ich Ihnen alle ihre Fragen beantworten.“
Hierauf ging Holmes wieder in das Arbeitszimmer und Mr. Welling folgte ihm ohne ein weiteres Wort. Fragend sahen mich Mary und Mrs. Forrester an. Da ich jedoch auch nicht wusste was auf dem Zettel stand und der Ausgang der Unterredung zwischen Holmes und Mr. Welling völlig ungewiss war, zuckte ich nur hilflos mit den Achseln und eilte ebenfalls ins Arbeitszimmer.

Die beiden Männer hatten bereits Platz genommen und als ich mich dazu gesellte, bat Holmes mich auch Mr. Welling mit einem Whisky zu versorgen. Als ich ihm das Glas reichte, blickte er mich aus großen, sorgenvollen Augen an und wiederholte seine Frage von vorhin:
„Was hat das zu bedeuten?“
Dabei reichte er mir den Zettel, den er noch immer in der Hand hielt. Nun war ich endlich in der Lage, die kurze Notiz lesen zu können. Ich erkannte sofort Holmes markante und klare Handschrift. Die Nachricht lautete:

Falls Sie ihren Sohn Robert lebend wiedersehen wollen, so kommen sie sofort zum Landsitz von Mrs. Forrester. Zu niemanden ein Wort hierüber, auch nicht zu Ihrer Frau.

„Nun, Mr. Welling, “ begann Holmes. „Zunächst möchte ich Ihnen dafür danken, dass Sie meiner Einladung so unmittelbar Folge leisteten. Mein Name ist Sherlock Holmes und ich weiß, dass man Ihren Sohn Robert entführt und Sie zur Herausgabe eines Fasses Spezialtinte gezwungen hat.“
Schon bei dem Namen meines berühmten Freundes hatte Mr. Welling seinen Blick nicht mehr von Holmes abgewendet. In

seiner Miene ließen sich Erleichterung, aber auch Sorge ablesen. Holmes, der in jedem Menschen wie in einem offenen Buch liest, war dies ebenfalls nicht entgangen.

„Mr. Welling, fürchten Sie nichts. Ich bin inkognito hier, als Privatmann. Weder die Polizei noch sonst irgendjemand weiß, dass ich mich hier befinde. Ich habe einen Plan, wie wir die Entführer ergreifen und somit Ihren Sohn retten können. Doch dazu brauche ich Ihr Einverständnis und ihre Hilfe. Sollten Sie jedoch die Polizei hinzuziehen wollen, so werde ich auch dies gerne für Sie in die Wege leiten."

„Nein, bloß das nicht, Mr. Holmes! Die Entführer haben mich eingehend davor gewarnt, irgendetwas Derartiges zu tun. Ich habe in den letzten Tagen mehr als einmal in Erwägung gezogen, Dr. Watson anzusprechen und über ihn, Sie um Hilfe zu bitten. Aber dann habe ich es doch nie gewagt, aus Angst vor den möglichen Folgen für Robert. Da Sie nun jedoch, auch ohne mein Zutun, offensichtlich Bescheid wissen, bitte ich Sie, nein flehe ich Sie an, Mr. Holmes, helfen Sie uns!"

Während seiner letzten Worte war Mr. Welling vor Holmes auf die Knie gesunken und hob flehend die bittenden Hände. Holmes, dem große Gefühlsregungen unbehaglich sind, sah sich hilfesuchend zu mir um. So eilte ich auf Mr. Welling zu, hob ihn vom Boden hoch und führte ihn zurück zu dem Sessel, auf den er zuvor gesessen hatte. Dabei redete ich die ganze Zeit beruhigend auf ihn ein und flößte ihm auch noch einen weiteren Whisky ein. Sowohl meine Worte, als auch der Whisky verfehlten ihre Wirkung nicht und langsam entspannte sich Mr. Welling. Währenddessen berichtete Holmes in knappen Worten, wie er auf das Verbrechen aufmerksam geworden war und was er zu tun gedachte, um der Schurken habhaft zu werden und den Knaben Robert zu retten. Als er geendet hatte, blickte er Mr. Welling erwartungsvoll an, denn seine letzte Äußerung war die Frage gewesen, ob Mr. Welling uns heute Abend bei der Verbrecherjagd begleiten wolle.

„Ich bin dabei, Mr. Holmes", beteuerte Mr. Welling mit einer Stimme, die beinahe so fest klang, wie ich sie von ihm kannte.

Ein zufriedenes Lächeln huschte über das Antlitz meines Freundes und dann sagte er:

„Nun denn, meine Herren. Ich denke es wäre in Anbetracht dessen, dass dies eine lange Nacht wird, angebracht noch ein wenig zu ruhen. Mrs. Forrester wird sicherlich nichts dagegen haben, wenn Sie es sich hier auf diesem Divan bequem machen, Mr. Welling."

Mit diesen Worten verließ Holmes das Arbeitszimmer und ich eilte ihm hinterher. Bevor ich die Tür hinter mir schloss, warf ich noch einen Blick auf Mr. Welling, der sich bereits auf den Divan legte. Er musste meinen Blick gespürt haben, denn er wandte mir sein Gesicht zu und nickte mir aufmunternd zu. Seine Augen glänzten in fieberhafter Erwartung der bevorstehenden nächtlichen Jagd, vermischt mit der Hoffnung auf ein glückliches Ende.

Die Jagd beginnt

Am frühen Abend nahmen wir ein leichtes Dinner zu uns, sodass wir für die uns bevorstehende Aufgabe zwar gestärkt waren, uns jedoch noch nicht träge fühlten. Mr. Welling, der auf Anraten von Holmes das Anwesen von Mrs. Forrester nicht wieder verlassen hatte, nahm mit uns zusammen das Mahl ein. Bei Tisch herrschte eine sehr stille und dabei zugleich gespannte Atmosphäre, was jedoch nicht an der Anwesenheit von Mr. Welling, sondern eher an der Aufgabe lag, die wir noch zu bewältigen hatten. Dabei befanden Holmes, Mr. Welling und ich uns in einer Art fiebrigen Erwartung, während die Damen vornehmlich von Sorge um unser und Roberts Wohlbefinden beherrscht wurden. Ich hatte Mary, seitdem sie wusste was wir vorhatten, mehr als einmal versichern müssen, vorsichtig zu sein und kein unnötiges Risiko einzugehen.

Um kurz nach acht verließen Holmes, Mr.Welling und ich dann das Anwesen. Versehen mit einer Blendlaterne, einigen kurzen Stricken und dem Armeerevolver des seligen Mr. Forrester machten wir uns auf den Weg. Wir verließen das Grundstück von Mrs. Forrester in nördlicher Richtung, überquerten dort den Fluss Rother und befanden uns schon kurze Zeit später in einem Waldgürtel am Fuße des Hügels, an dem die Mönche erscheinen würden. Aufgrund der dichtstehenden Bäume war es hier bereits recht dämmerig und Mr. Welling vertraute mir während unserer zumeist schweigsam verlaufenden Wanderung an, dass er diesen Teil des Waldes überhaupt nicht kenne und er nur hoffe, dass

Holmes wisse, wo wir uns befänden. Ich muss zugeben, dass mir in diesem dunklen Wald auch nicht angenehm zu Mute war. Zu gerne hätte ich die Blendlaterne bereits benutzt, doch vielleicht hätte auch unser „Wild“ dieses Licht gesehen und wäre dann vorzeitig gewarnt gewesen. So blieb uns also nichts anderes übrig, als uns mit dem Restlicht zu begnügen und auf Holmes als Führer zu vertrauen. Was das letztere anbelangte, so schien Holmes in den vergangenen Tagen diese Wälder wirklich aufmerksam durchwandert zu haben. Er vermittelte hier dieselbe Kompetenz, die ich schon bei ihm auf Verbrecherjagden in London beobachten konnte. So wie er in der Metropole jede Straße und Gasse kannte, schien er hier jeden Weg, jeden Pfad, ja sogar jeden Baum und Strauch zu kennen. Ich glaube, selbst mit verbundenen Augen hätte er jeder Zeit seinen Standort bestimmen können.

Wir waren bereits eine ganze Weile so gewandert, als sich unsere Umgebung langsam veränderte. Die Bäume standen nicht mehr so dicht beieinander, wobei jedoch das niedrige Buschwerk zunahm. Mit einer bei der Dunkelheit kaum noch wahrnehmbaren Handbewegung brachte Holmes unseren kleinen Tross zum stehen. Dann flüsterte er uns leise zu:

„Hier ist der richtige Platz, um Stellung zu beziehen. Wie Sie sehen, liegt gut vierzig Yards vor uns die Lichtung, auf der die Mönche erscheinen werden. Die Schmiede liegt östlich von uns, das bedeutet, dass die Critten Brüder von uns aus gesehen von links kommen und dorthin auch wieder verschwinden werden. Sobald sie den Heimweg zur Schmiede antreten, werden wir handeln.“

„Mr. Holmes“, wandte sich Mr. Welling ebenfalls flüsternd an ihn, „könnten wir uns der Brüder nicht schon eher bemächtigen. Warum müssen wir solange warten bis sie den Rückzug antreten?“

„Weil eine vorzeitige Rückkehr zur Schmiede Bill Harper misstrauisch stimmen und somit warnen könnte. In diesem Fall würde meine List missglücken und der Ausgang unseres Unternehmens wäre ungewiss."
Es dauerte eine Weile, bis Mr. Welling flüsternd entgegnete:
„Entschuldigen Sie, Mr. Holmes, daran hatte ich nicht gedacht. Ich kann es einfach nur nicht mehr erwarten, Robert wieder in die Arme zu schließen und ihn heim zu seiner Mutter zu bringen."
Seine letzten Worte wurden von einem verlegenen und entschuldigenden Lächeln begleitet, das wir nur sehen konnten, weil sich unsere Augen mittlerweile an die Dunkelheit gewöhnt hatten. Holmes nickte nur und forderte uns dann auf zu schweigen, uns hinter dem Buschwerk zu verbergen und auf seine Anweisungen zu warten. Da ich zwischen meinen beiden Gefährten kauerte, konnte ich sie beide im Blick behalten. Während Mr.Welling versuchte, seinen erregten Zustand zu unterdrücken, strahlte Holmes die Kraft und Ruhe eines routinierten Großwildjägers aus.

Es erschien mir wie eine Ewigkeit, seitdem wir unseren Wachposten bezogen hatten. Nur zu gerne hätte ich mir eine Zigarette angezündet, um meine Nerven zu beruhigen. Doch als alter Soldat wusste ich natürlich, dass dies unsere Stellung verraten könnte. Also übte ich mich, wie meine beiden Gefährten, denen es sicherlich nicht anders erging, weiter in Geduld. Plötzlich spürte ich den eisernen Griff von Holmes Hand auf meiner Schulter. Fragend blickte ich ihn an, doch da sah ich bereits, was sein feines Gehör schon zuvor wahrgenommen hatte. Es waren die drei Critten Brüder, die mit dem weißen Habit bekleidet, in gebückter Haltung, als seien sie im Gebet vertieft, an uns vorbeischritten. Als sie auf der Lichtung waren, entzündeten sie die mitgebrachten Fackeln und schwenkten sie. Ihr ganzes Gehabe entsprach genau dem, das ich in der Nacht zuvor beobachtet hatte, doch dauerte es diesmal nicht einmal halb solange. Sie näherten sich wieder dem Waldrand, löschten ihre Fackeln und kamen nun ganz dicht an unserem Versteck vorbei. Ich konnte spüren, wie Holmes Körper sich neben mir anspannte. Dann sprang er auf und stürzte sich mit dem Ruf „Los, auf sie!“ auf den ersten der drei Mönche und riss ihn zu Boden. Mr. Welling und ich taten es ihm gleich. Dank des Überraschungsmoments dauerte es nur wenige Minuten bis die Critten Brüder am Boden lagen und der Kampf zu unseren Gunsten entschieden war. Holmes befahl ihnen die Habite abzulegen und dieser Aufforderung kamen sie umgehend nach, als sie wahrnahmen, dass ich, um seinen Worten Nachdruck zu verleihen, eine Waffe auf sie gerichtet hielt. Es war die Waffe von Mr. Forrester, die ich bei mir trug. Holmes war der Ansicht gewesen, dass im Falle eines Falles die Waffe am Besten in der Hand eines Soldaten ruhen sollte.

Nachdem Mr. Welling die Habite eingesammelt hatte, fesselten wir die drei an Händen und Füßen und zogen abschließend jeder einen Habit über. Zufrieden sah ich Holmes an und meinte:

„Gratulation Holmes! Der erste Teil ihres Planes hat hervorragend geklappt.“

Ich wollte gerade bemerken, dass wir uns nun ja dem zweiten Teil widmen könnten, als Mr. Welling sich nervös an Holmes wandte:

„Und was geschieht nun mit den Dreien?“

„Wir lassen sie hier liegen und werden sie später durch die Polizei abholen lassen“, entgegnete mein Freund.

„Und was ist, wenn sie sich befreien können?“

„Nun, sollte dies tatsächlich eintreten, so werden die Critten Brüder versuchen sich aus dem Staub zu machen, was ihnen jedoch nicht viel nützen wird, da ich ihre Namen kenne.“

„Und wenn sie zur Schmiede laufen um Bill Harper zu warnen?“

„Das wird sicherlich nicht geschehen. Und selbst, wenn dem so wäre, dann würden sie erst nach uns dort eintreffen. Sie sehen, Mr. Welling, der Zeitfaktor ist bei diesem Unternehmen nicht unbedeutend.“

Holmes Erläuterungen schienen Mr. Welling zu beruhigen, denn er nickte ihm anerkennend zu.

Nachdem wir noch einmal die Fesseln unserer Gefangenen überprüft hatten, setzten wir uns in Bewegung, beflügelt durch unseren bisherigen Erfolg. Geführt von Holmes, der uns mit der Blendlaterne den Weg wies, eilten wir der Ausführung des zweiten Teils des Planes entgegen. Wer von uns hätte zu diesem Zeitpunkt auch ahnen können, dass sich dieser zweite Teil zu einem Drama entwickeln würde?

In der Schmiede

Dank Holmes Ortskenntnisse dauerte es nicht lange bis wir unser Ziel erblickten. Trotz der zahlreichen Umbauten, die man vorgenommen hatte, um aus der Abtei eine Schmiede zu machen, konnte man noch erkennen, dass es sich bei dem Gebäude einst um eine ursprünglich kreuzförmig angelegte Kirche handelte. Wir hatten uns der Schmiede von Norden aus genähert und verharrten nun kurz am Waldrand, um die Kapuze des Habits über den Kopf zu ziehen und unsere Blendlaterne zu verdunkeln. Dann setzten wir unsere Wanderung fort, vorbei an dem, nur noch rudimentär erhaltenen Chorgang im Norden. Vor uns erschien der Ostflügel, der sich bei näherer Betrachtung ebenfalls im Zerfall befand. Deutlich besser sah der nun erscheinende Südflügel aus. Wie uns Holmes flüsternd mitteilte, befanden sich in diesem Teil eine Darre und die bereits erwähnte Scheune. Zielstrebig steuerte Holmes eine kleine Seitentür in diesem Gebäudeflügel an. Als wir sie erreicht hatten, schlug er dreimal an die Tür – nichts geschah! Wir hatten unsere Häupter gesenkt gehalten, um nicht erkannt zu werden. Doch nun hoben wir sie leicht an, getrieben von der Sorge, dass etwas nicht wie erhofft verlief. Nach einer kurzen Pause schlug Holmes erneut dreimal mit der Faust an die Tür. Es verging ein Moment ohne das etwas geschah, doch dann erhellten sich die dreckigen Scheiben eines kleinen bleiverglasten Fensters neben der Tür. Darauf folgte das Quietschen eines Riegels, das mir in der Stille, die uns umgab, entsetzlich laut vorkam. Ich spürte wie Holmes erleichtert ausatmete. Die Tür öffnete sich einen Spalt und ich konnte etwas Glänzendes aufblitzen sehen. Im selben Augenblick spürte ich, das Holmes mir einen kräftigen Stoß gegen die Brust versetzte. Die Wucht traf mich so unvermittelt, dass ich schlagartig zu Boden ging. Dann erfolgte ein lauter Knall und ich sah das Aufblitzen eines Mündungsfeuers. Im nächsten Augenblick stürzte Mr. Welling mit einem Aufschrei neben mir zu Boden. Erschrocken schaute ich in die Richtung, aus der der Schuss gekommen war. Die Tür war wieder geschlossen und das Licht am Fenster erloschen.

„Kommen Sie, Watson“, vernahm ich Holmes energische Stimme, „wir müssen ihn aus der Schusslinie bringen!“

Mit diesen Worten ergriffen Holmes und ich je einen Arm von Mr. Welling und zogen ihn, begleitet von seinen Schmerzensschreien, in eine für unseren Schützen uneinsehbare Ecke. Hier beugte ich mich über den mittlerweile bewusstlosen Mr. Welling, um ihn zu untersuchen. Auf dem rechten Ärmel seines Habits wurde ein kleiner roter Punkt sichtbar, der jedoch ständig an Größe zunahm. Holmes und ich zogen ihm den Habit und sein Jackett aus, sodass ich ungehindert den Ärmel seines Hemdes aufreißen konnte. Meine Begutachtung der Wunde ergab, dass er einen glatten Durchschuss erlitten hatte. Der Knochen war unversehrt und es schien auch kein größeres Gefäß verletzt zu sein.

„Wie sieht es aus, Watson?“

Holmes sorgenvoller Blick ruhte abwechselnd auf Mr. Welling und auf mir.

„Ein glatter Durchschuss, Holmes. Ich denke, ein dicker Druckverband wird vorerst reichen. Zwar ist er im Moment ohnmächtig, wahrscheinlich aufgrund des Schocks und der Schmerzen. Puls und Atmung sind aber normal und er besitzt eine kräftige Konstitution.“

Ich sah wie Holmes grimmig nickte.

„Wie konnte es nur dazu kommen, Holmes?“

„Ich habe keine Ahnung, Watson. Irgendetwas muss den Argwohn von Bill Harper erweckt haben.“

„Haben Sie den Schützen erkennen können?“

„Nein, aber diese Vorgehensweise spricht eher für einen Mörder, als für einen Fälscher.“

„Und was machen wir nun, Holmes?“

„Kümmern Sie sich zunächst weiter um Mr. Welling. Ich werde mir unterdessen das Verbrecherduo vornehmen.“

„Aber Holmes, allein gegen die beiden – das ist doch Selbstmord! Warten Sie zumindest auf mich.“

„Die Zeit drängt, jetzt wo sie gewarnt sind.“

Mit diesen Worten zog Holmes den Habit und sein Jackett aus, legte den Habit unter Mr. Wellings Kopf und wickelte sein Jackett um seinen linken Arm. Ich hatte zwar keine Ahnung was er vorhatte, doch spürte ich, wie mir vor Sorge um meinen Freund das Herz schwer wurde.

„Dann nehmen Sie zumindest den Revolver mit, Holmes.“

„Sie wissen doch, Watson, wir brauchen die beiden lebend, tot nützen sie uns nichts. Es ist besser, wenn Sie die Waffe behalten. Für den Fall, dass es mir nicht gelingen sollte, sie zu ergreifen, werden Sie, mein lieber Freund, zu diesem letzten Mittel greifen müssen.“

Ich wusste um die Notwendigkeit seines Handelns und ich wusste auch, dass ich ihn davon nicht würde abhalten können. Daher entgegnete ich nur:

„Sobald ich Mr. Welling versorgt habe, werde ich Ihnen folgen.“

„Schön, aber seien Sie vorsichtig.“

„Diesen Rat kann ich nur zurückgeben, Holmes.“

„Es sei Ihnen versichert, ich werde ihn beherzigen. Also dann bis später.“

Mit diesen Worten lief er auf den Seiteneingang zu, der für uns zu einem Desaster geworden war. Die Tür hatte auf mich einen recht massiven Eindruck gemacht und der vorgelegte Riegel, den ich gehört hatte, würde sie uneinnehmbar machen. Es war mir schleierhaft wie Holmes vor hatte, hier in die Scheune zu gelangen. Und ich muss zugeben, hätte ich es nicht mit meinen eigenen Augen gesehen, ich hätte es nicht geglaubt. Kurz vor der Seitentür schwenkte Holmes auf das kleine Stallfenster ein, sprang vom Boden ab und schnellte wie ein Panther durch die Luft. Sein linker Arm, den er vor sein Gesicht hielt, durchbrach als erstes das Glas, das mit lautem Klirren zerbarst. Er würde im Innern der Scheune eine Rolle machen müssen um auf den Füßen zu landen. Während ich darum betete, dass dort keine unangenehme Überraschung auf ihn wartete, lauschte ich gespannt auf weitere Geräusche aus dem Inneren. Dann vernahm ich wieder das Quietschen des Riegels und sah wie die Tür weit aufgerissen wurde. Im nächsten Augenblick erschien die schlanke Gestalt von Holmes in der Türfüllung. Er hob die Hand und ich tat es ihm gleich, um ihm zu zeigen, dass ich verstanden hatte. Sobald die Wunde von Mr. Welling versorgt wäre, würde ich Holmes durch die Tür folgen können. Der Druckverband würde schnell angelegt sein, diese Handgriffe beherrschte ich im Schlaf. In Afghanistan hatte ich unter den schlimmsten Bedingungen die widerlichsten Verletzungen behandeln müssen. Es war einem als Militärarzt nicht oft vergönnt mitzuerleben, dass ein Patient genas. Und jedes Menschenleben, das man rettete, war ein potentielles Opfer für das nächste Gefecht. Oh, wie sehr hasste ich dieses grausame Töten, das sinnlose Sterben und meine eigen Hilflosigkeit, die ich diesem Wahnsinn entgegenzusetzen hatte. Während ich diesen Gedanken nachhing, hatten meine Hände wie von selbst ihre Arbeit erledigt. Ein abschließender Blick auf den provisorischen Verband bewies mir, das Mr. Welling bis aufs weitere gut versorgt war. Ich deckte ihn mit meinem Habit zu, damit er nicht zu viel Körperwärme verlieren würde, und machte mich dann auf den Weg Holmes zu folgen.

In der Scheune herrschte absolute Dunkelheit und Stille, jedoch konnte ich im hinteren Teil ein schwaches Licht wahrnehmen. Ich beschloss mir langsam tastend meinen Weg in diese Richtung zu suchen. Weil ich bei meinem Eintritt in die Scheune auf die Glassplitter am Boden trat, die noch von Holmes wagemutigen Sprung zeugten, klirrte jeder meiner Schritte. Meine Ankunft hatte ich nicht geheim halten können, deswegen beschloss ich zumindest mit dem Revolver im Anschlag weiterzugehen. Mit jedem Meter, den ich weiter vordrang, wurde es heller und dann tauchte vor mir die von Holmes erwähnte Tiegeldruckpresse auf. Als ich mich ihr näherte, meinte ich eine Bewegung dahinter wahrgenommen zu haben. Mit lauter und kräftiger Stimme rief ich:

„Kommen Sie hervor, Mann! Ich habe Sie gesehen."

Es dauerte eine Weile, doch dann schien sich aus dem Schatten der Tiegeldruckpresse ein weiterer Schatten zu lösen. Es wurden die Konturen einer menschlichen Gestalt sichtbar, die ihre Hände hoch erhoben über dem Kopf hielt.

„Los, Mann! Ich sage es nicht noch einmal! Kommen Sie daraus und treten Sie ins Licht!", wieder versuchte ich meiner Stimme einen festen und befehlsmäßigen Klang zu verleihen.

Offensichtlich hatten meine Worte den richtigen Ton getroffen, denn die Gestalt trat ins Licht und ich erkannte, wie ich schon vermutet hatte, dass es sich um Thomas Beddington handelte. Er blickte mich aus verstörten und vor Angst geweiteten Augen an und dabei stammelte er ohne Unterlass:

„Sehen Sie, Sir, ich ergebe mich. Bitte tun Sie mir nichts.“
Während ich den Revolver auf ihn gerichtet hielt, tastete ich ihn nach Waffen ab. Als ich nichts fand, steckte ich meinen Revolver ein und entnahm dafür meiner Jackettasche zwei weitere kurze Stricke um meinen Gefangenen damit zu fesseln. Dabei hielt ich Thomas Beddington stets im Auge, um ein mögliches Zeichen von Gegenwehr sofort wahrzunehmen. Doch schien mein Widersacher sich ganz apathisch seinem Schicksal zu ergeben, wie damals, als Holmes und ich das erste Mal auf ihn trafen. Als ich ihn gefesselt hatte, packte ich ihn grob am Kragen und frug ihn, wo Bill Harper sei.

„Er ist zur Darre gelaufen. Als ich die grimmige Miene des Kerls sah, der ihn verfolgte, habe ich versucht mich hier zu verbergen.“

„Und wo haltet ihr den Knaben versteckt?“
Thomas Beddington rollte nervös mit den Augen und wurde noch blasser als er schon war. Dann stammelte er:

„Ein Knabe? … Ich weiß von keinem Knaben.“
Wütend griff ich wieder mit meiner linken Hand nach seinem Kragen und schüttelte ihn heftig, während ich meine Recht drohend zum Schlag erhob.

„Bitte, Sir. Schlagen Sie mich nicht. Ich flehe Sie an, tun Sie mir nichts.“
Ich ließ meine rechte Hand sinken, hielt ihn aber noch immer am Kragen fest.

„Also los, Mann. Reden sie endlich!“

„Sir, Sie müssen mir glauben. … Mit der Entführung wollte ich nichts zu tun haben. … Aber Bill hat gesagt, anders kämen wir nicht an die Spezialtinte ran. … Und dann hat er mir versprochen, dass ich ihm nur bei der Entführung helfen müsste. … Anschließend würde er sich um das Kind kümmern.“

„Was soll das heißen?“

Wieder schüttelte ich mein Gegenüber kräftig.

„Nun, … er hat ihn irgendwo versteckt, …versehen mit einem kleinen Laib Brot und einen Krug Wasser. … So hat er es mir zumindest erzählt. … Und danach hat er überhaupt nicht mehr über das Kind gesprochen. … Das ist alles, was ich weiß.“

„Soll das heißen, dass Bill Harper seit der Entführung nicht mehr nach dem Knaben geschaut hat?“

Fassungslos und empört schaute ich Thomas Beddington an. Dieser zuckte mit den Achseln und meinte dann:

„Das weiß ich nicht, Sir. … Ich habe Bill nur noch einmal nach dem Kind gefragt und da sagte er zu mir, ich solle mir darüber keine Gedanken machen. Wir hätten die Spezialtinte erhalten und somit wäre das Kind nun wertlos.“

Wütend über diese Kaltblütigkeit, auch wenn er sie nur im Namen von Bill Harper wiedergab, entgleiste mir meine rechte Faust, sodass ich dem Mann einen derben Kinnhaken versetzte. Entsetzt und verstört blickte er mich an. Redlich bemüht mich wieder zu beruhigen frug ich:

„Und wo hat Bill Harper den Knaben versteckt?“

„Das weiß ich nicht, Sir. … Wirklich nicht, Sir. …Bitte schlagen Sie mich nicht wieder. … Ich weiß es wirklich nicht. … Ich habe die Scheune kaum verlassen. … Bill wäre sonst wütend geworden – und ich habe Angst vor ihm, wenn er wütend ist.“

Während er diese Worte hervorstieß, sah er mich mit verängstigten, ja fast irren Augen an. In Anbetracht der Einschätzung von Holmes, die dieser mir über Bill Harper und Thomas Beddington gegeben hatte, musste ich es wohl akzeptieren, dass Thomas Beddington uns wirklich nicht weiterhelfen konnte, um Robert Welling zu finden. Unsere einzige Hoffnung war also Bill Harper, dessen Verfolgung Holmes aufgenommen hatte. Hier konnte ich nichts mehr ausrichten, daher schlug ich nun auch den Weg zur Darre ein.

Als ich mich dem hinteren Teil des Gebäudes näherte, fand ich auf dem Boden eine Waffe. Der Lauf war noch ein wenig warm und der Pulvergeruch verriet mir, dass dies die Waffe sein musste, die vor kurzem auf uns abgefeuert worden war. Holmes hatte sie Bill Harper vermutlich bei einem Zweikampf entreißen können. Wieder fiel mir Holmes Warnung ein, dass wir Bill Harper lebend brauchten. Plötzlich vernahm ich dumpfe Geräusche über mir, die ich, als ich noch näher kam, unterscheiden konnte. Es war das Poltern von Schritten, heftiges stoßweises Atmen und kurzes Aufstöhnen zu unterscheiden. In diesem Augenblick sah ich eine alte, morsche Holzleiter, deren Sprossen schon teilweise angebrochen waren. Vorsichtig erklomm ich mit ihr den Trockenboden. Hier oben herrschte fast vollkommende Dunkelheit, nur hier und da schien diffus ein wenig Licht von unten durch die fehlenden Bodenbretter. Ohne Zweifel befand sich der Boden unter meinen Füßen in demselben beklagenswerten Zustand, wie schon die Holzleiter. Ich konnte die beiden Kämpfenden in der Dunkelheit, die hier oben herrschte kaum wahrnehmen, geschweige denn unterscheiden. Bei einem ehrlichen Faustkampf zwischen zwei Gentlemen hätte ich mir um Holmes keine Sorgen machen müssen, doch das was diese beiden Männer vollführten entsprach eher einer Art Ringen. Wie zwei Hunde hatten sie sich ineinander verbissen. Plötzlich wurde der eine von ihnen durch die Luft gewirbelt und landete mit einem lauten Aufstöhnen auf den Holzboden. Ich war mir sicher, dass dies Bill Harper war und Holmes einen Baritsu–Griff des japanischen Ringens, welches ihm nach seinen eigenen Angaben schon häufig zu Gute gekommen war, hatte einsetzen können. Noch während ich dies dachte, sah ich mit Schrecken, wie einige Bodenbretter unter Bill Harpers Körper anfingen zu zerbersten. Holmes hatte die Gefahr offensichtlich genauso schnell erkannt und versuchte noch nach Bill Harper zu greifen, doch es war bereits zu spät. Der Boden brach einfach unter den beiden Männern weg. Ich hörte einen schrecklichen Schrei und dann sah ich ein riesiges Loch im Boden gähnen. Eine Unmenge aufgewirbelten Staubes tanzte in dem Licht, das von unten herauf flutete. Mein Blick war starr auf dieses gähnende Loch gerichtet. Einen Moment lang war ich unfähig zu reagieren, da mich Angst und Sorge um Holmes lähmten. Ich spürte wie eisige Finger der Furcht nach meinem Herzen griffen. Doch dann kämpfte ich gegen diese Gefühle an und schaffte es mich in Bewegung zu setzen. Am liebsten wäre ich zu dem Loch hin gesprungen, doch in Anbetracht der morschen Bodenbretter musste ich jeden meiner Schritte sorgfältig abwägen. Als ich den Rand des Loches fast erreicht hatte, legte ich mich auf den Boden um mein Gewicht auf eine größere Fläche zu verteilen. Endlich konnte ich über den Rand nach unten schauen. Mein Herz vollführte einen Freudensprung, als ich Holmes Gesicht erblickte. Er hing mit einer Hand an einem Deckenbalken während er mit der anderen versuchte den Rand des Loches zu erreichen.

„Halten Sie durch, Holmes! Ich werde Sie hochziehen."

Mit diesen Worten griff ich beherzt mit beiden Händen nach seinen Armen. Ich schickte ein stilles Stoßgebet zum Himmel, das meine Schulter, die mir damals in Afghanistan ruiniert wurde, durchhalten und der morsche Boden unser beider Gewicht tragen und nicht weiter einbrechen würde. Dann spannte ich meine Muskeln an und langsam schaffte ich es, Holmes auf den Boden zu ziehen. Vollkommen erschöpft lagen wir beide nebeneinander und rangen um Atem. Nachdem wir uns etwas erholt hatten, robbten wir äußerst vorsichtig von dem Loch fort. Und als wir wieder festeren Boden unter uns hatten, setzen wir uns auf und atmeten wiederholt tief ein. Es war Holmes, der als erster in der Lage war etwas zu sagen.

„Sie glauben nicht, wie erleichtert ich war, ihr Gesicht zu erblicken, alter Freund."

„Doch das glaube ich ihnen sofort, so habe ich mich nämlich vorhin gefühlt, als Sie mich aus der Schusslinie stießen. Bloß hatte ich in der angespannten Lage keine Gelegenheit, Ihnen zu danken."

Wir schwiegen beide einen Augenblick. Dann frug mich Holmes:

„Haben sie Thomas Beddington gefunden?"

„Ja, ich habe ihn gefesselt bei der Druckerpresse liegen lassen. Er behauptet nicht zu wissen, wo Robert Welling versteckt gehalten wird. Und ich fürchte, er spricht die Wahrheit."

Holmes nickte grimmig und fügte dann bitter hinzu:

„Das war es Watson! Nun haben wir keine Chance mehr den Knaben zu finden."

„Vielleicht hat Bill Harper den Sturz ja überlebt."

„Ganz sicher nicht, Watson!"

Bei diesen Worten schloß Holmes die Augen und ein bitterer Zug huschte über sein Antlitz.

„Aber Holmes, wie können Sie sich denn dessen so sicher sein?"

Statt mir zu antworten frug er mich:

„Sahen Sie nicht, was in der Scheune unter uns abgestellt ist?"

Ich schüttelte verneinend den Kopf. Als ich durch das Loch blickte war Holmes das Einzige, was ich wahrgenommen hatte.

„Nun dann lassen Sie uns nach unten gehen und nachschauen."

Vorsichtig stiegen Holmes und ich die marode Holzleiter hinunter. Dann führte er mich zu der Stelle der Scheune, in deren Decke nun ein großes Loch prangte. In diesem Teil hatte man einige landwirtschaftliche Geräte abgestellt. Bill Harper war auf einen

Heuwender gefallen und die metallischen Zinken hatten seinen Leib mehrfach durchbohrt. Über seinen Rumpf ergossen sich mehrere winzige Blutbäche, die unter seinem Körper mittlerweile einen kleinen See bildeten. Es war ein widerlicher und schockierender Anblick. Doch trotz allem Abscheu beherrschte mich im Moment eher das Gefühl von Hilflosigkeit und Wut. Ein Blick auf Holmes bestätigte mir, dass in seinem Innern derselbe Kampf stattfand. Wir beide dachten dasselbe: *Der einzige Mensch, der uns zu Robert Welling führen konnte, hatte sein Geheimnis mit in den Tod genommen!*

Das Versteck

Jeder von uns in den eigenen Gedanken versunken, standen Holmes und ich eine ganze Weile reglos vor dem Leichnam Bill Harpers. Doch dann konnte ich die lastende Stille, die hier herrschte, nicht mehr ertragen und brach das Schweigen.

„Holmes, was werden wir jetzt tun?"

Er antwortete mir nicht, sondern machte auf dem Absatz kehrt und ging zur Tiegeldruckpresse. Ich folgte ihm auf den Fuß und stellte zufrieden fest, dass der gefesselte Thomas Beddington noch an derselben Stelle saß, an der ich ihn verlassen hatte. Holmes sah misstrauisch auf unseren Gefangenen hinunter und frug dann:

„Wo halten Sie Robert Welling versteckt?"

„Ich weiß nicht, wo Bill ihn versteckt hat. ... Wirklich, Sir. ... Das habe ich auch dem anderen Herrn schon gesagt."

Sein verängstigter Blick huschte zwischen mir und Holmes ständig hin und her. Dabei beteuerte er ihm, wie auch schon zuvor mir, dass er nichts über den Aufenthaltsort von Robert Welling wisse und er aus Furcht vor Bill Harper sich auch nicht weiter darum gekümmert habe.

Angewidert von dem Flehen und Bitten unseres Gefangenen wendete sich Holmes ab. Er schloss die Augen und presste die Lippen so fest auf einander, dass sie fast nur noch einen Strich bildeten. Als er seine Augen wieder öffnete, konnte ich sehen, dass er sich zu einer Entscheidung durchgerungen hatte.

„Als erstes müssen wir Mr. Welling nach Robertsbridge bringen, am besten zu Mrs. Forrester. Hierzu werden wir den Leiterwagen und die zwei Pferde benutzen, die vorne im Stall stehen.

Außerdem werden wir auch noch Thomas Beddington mitnehmen.“

„In Ordnung, Holmes. Aber was ist mit Robert Welling? Sollten wir nicht anfangen ihn zu suchen?“

Bevor mir Holmes antwortete, sah ich, dass er sichtlich um seine Fassung ringen musste.

„Natürlich werden wir nach ihm suchen, Watson – aber nicht allein, das wäre ein hoffnungsloses Unterfangen. Allein in dieser Scheune und der Darre gibt es unzählige Verstecke, gar nicht zu reden von dem Westflügel, der früher das Abthaus war und nun zu einem Bauernhaus umgebaut wurde. Und dann denken sie an die vielen Möglichkeiten, die der angrenzende Wald bietet um einen kleinen Knaben zu verstecken. Sei es ein Höhle, ein Erdloch oder eine verlassene Hütte, wie ich sie selbst noch vor kurzem bewohnt habe. – Nein, eine solch großangelegte Suche können wir nicht allein bewältigen.“

„Dann werden Sie nun also doch die örtlichen Polizeikräfte um Hilfe bitten?“

„Ja, Watson. Mir bleibt nichts anderes übrig. Ich werde, wenn wir bei Mrs. Forrester sind, das Telegraphenamt aufsuchen und Lestrade verständigen. Er kann dann alle weiteren notwendigen Schritte einleiten. Ich denke, so werden wir am schnellsten zu einer Suchmannschaft kommen.“

Mit diesen Worten ging Holmes in den vorderen Teil der Scheune, zu den Pferden und dem Leiterwagen.

Nachdem wir zunächst das bereits verladene Falschgeld von der Ladefläche geworfen und die Pferde eingespannt hatten, trugen wir Mr. Welling, der immer noch bewusstlos war, zum Wagen und legten ihn auf die Ladefläche. Dann löste ich die Fußfesseln von unserem Gefangenen, so dass auch er auf die Ladefläche steigen

konnte. Ich selbst gesellte mich zu Mr. Welling, um ihm im Notfall beistehen zu können, während Holmes auf der Kutscherbank Platz nahm und die Zügel ergriff.
Er trieb die Pferde zur Eile an und so erreichten wir binnen kürzester Zeit das Anwesen von Mrs. Forrester. Trotz der mittlerweile frühen Morgenstunde fanden wir das Haus hellerleuchtet vor. Mary und Mrs. Forrester harrten unserer Ankunft, um über den Ausgang des Abenteuers informiert zu werden. Während Thomas Beddington in den Keller gesperrt wurde, brachten zwei Diener Mr. Welling in ein leer stehendes Zimmer im Erdgeschoss. Hier konnte ich seine Wunde ordnungsgemäß behandeln, wobei mir Mary geschickt zur Hand ging. Ich berichtete ihr dabei von den Geschehnissen der Nacht und es war mehr als einmal, dass sie bei meiner Schilderung erbleichte.

Während Mary und ich uns um Mr. Welling kümmerten, hatte Holmes bereits das Telegraphenamt aufgesucht und zwei Telegramme aufgegeben. Eins an Scotland Yard und eins direkt an Lestrade. Als er wieder zum Anwesen von Mrs. Forrester zurückkehrte, war es an ihm unserer Gastgeberin zumindest eine kurze Zusammenfassung über die Geschehnisse zu geben. Er hatte gerade seinen Bericht beendet, als Mary und ich Mr. Welling verließen.

„Wie geht es ihm, Watson?“, fragte Holmes mich sofort.

„Die Verletzung ist nicht weiter schlimm. Er wird schon bald erwachen.“

Statt einer Antwort nickte Holmes nur. Mrs. Forrester atmete erleichtert auf und meinte dann:

„Vielleicht wäre es gut, auch Mrs. Welling hierher zu holen, dann könnte sie bei ihm sein, wenn er zu sich kommt.“

Wir alle schauten auf Holmes und warteten auf eine Antwort von ihm. Doch schien er uns überhaupt nicht wahrzunehmen. Er war ans Fenster getreten und schaute nach draußen, wo die ersten Sonnenstrahlen bereits den neuen Tag ankündigten. Aufgrund unserer tiefen Freundschaft wusste ich, was jetzt in seinem Innern vorging. Er hatte alle seine Kräfte und Energie eingesetzt, um ein unschuldiges Kind zu retten. Er hatte seine Ermittlungsergebnisse zum Wohle des Kindes zurückgehalten – und nun schien alles umsonst gewesen zu sein. Sehr wahrscheinlich würde man Robert Welling nie finden und wenn doch, dann sicherlich nur seinen Leichnam. Holmes würde sich für seine Vorgehensweise rechtfertigen müssen, vor den Eltern des Kindes, vor der Polizei, eventuell vor Gericht und ganz sicherlich vor einer sensationslüsternen Presse. Meiner Ansicht nach hatte Holmes nicht anders handeln können, doch es würde viele Menschen geben, die ihm die Hölle auf Erden bereiten würden. Bei dieser Vorstellung zog sich mir das Herz zusammen. Instinktiv trat ich näher an meinen Freund heran und antwortete für ihn auf Mrs. Forresters Frage.

„Das wäre sehr schön, Mrs. Forrester. Aber ist Ihnen das auch nicht zu lästig? Mittlerweile stellen wir ja schon eine richtige Invasion dar.“

„Da machen Sie sich mal keine Sorgen, Dr. Watson. Ich bin doch froh, wenn ich helfen kann. Vielleicht sollten wir auch den Vikar, Samuel Crane, noch hierher holen. Er kennt die Wellings gut und wird vielleicht eher ein paar passende Worte finden, als wir.“

„Das ist eine hervorragende Idee, Mrs. Forrester. Vielen Dank!“, entgegnete ich.

„Dann will ich das mal in die Wege leiten.“

Mit diesen Worten eilte Mrs. Forrester aus dem Salon und Mary schloss sich ihr an. Im Vorbeigehen flüsterte sie mir jedoch noch zu:

„John, du musst dich um Holmes kümmern. Er sieht furchtbar mitgenommen aus.“
Als Holmes und ich allein waren, trat ich direkt hinter ihn, legte ihm die Hand auf die Schulter und sagte:
„Holmes, Sie dürfen sich keine Vorwürfe machen. Sie haben nach bestem Wissen und Gewissen gehandelt.“
Er sagte nichts, doch ich konnte an seinem schweren Atmen spüren, wie sehr er im Moment mit sich selbst ins Gericht ging.

Ungefähr eine dreiviertel Stunde später traf der Vikar ein. Ich hatte gerade noch einmal nach Mr. Welling gesehen, als er die Eingangshalle betrat. Auch jetzt verfiel der gute Mann gleich in seine angeborene Redseligkeit.
„Ach, Dr. Watson. Ich bin ja so aufgeregt, endlich ist es mir vergönnt, Mr. Holmes persönlich kennenzulernen. Eigentlich wäre ich nun der glücklichste Mensch auf Gottes Erdboden, gäbe es nicht diese schrecklichen Begleitumstände. Mrs. Forrester teilte mir mit, das Robert entführt und Mr. Welling verletzt sei. Stimmt das?“
Endlich schien der Vikar Luft holen zu müssen und diese Gelegenheit nutzte ich.
„Ja, Mr. Crane, es stimmt und ich wäre froh, wenn Sie sich um Mr. Welling, als auch um seine Gattin, die hier bald eintreffen wird, kümmern könnten.“
„Aber natürlich, Dr. Watson, natürlich.“
Hier legte er eine kurze Pause ein, doch ich spürte, dass ihm noch etwas auf der Zunge lag. Fragend blickte ich ihn an.
„Ach, Dr. Watson. Bitte, sehen Sie mir meine Frage nach, Sie wird ihnen unter diesen Umständen wahrscheinlich absurd vorkommen. Aber bitte, könnte ich vielleicht kurz einmal Mr.

Holmes sehen und ihm die Hand schütteln? Sie wissen doch wie sehr ich ihn bewundere!“

Zunächst hielt ich das für keine gute Idee, da sich Holmes in einer sehr schwermütigen, resignierten Verfassung befand. Doch dann kam mir der Gedanke, dass ihn die Schmeicheleien des Vikars vielleicht aus seiner Lethargie befreien könnten. So führte ich den Vikar in den Salon, wo er sich fast ehrfürchtig seinem großem Vorbild näherte. Und natürlich fing er an einen wahren Redeschwall über Holmes zu ergießen.

„Ach, Mr. Holmes. Sie glauben nicht wie glücklich ich mich schätze, Sie leibhaft vor mir zu sehen. Ich habe alle ihre Abenteuer im Stand Magazine gelesen. Und es war seit jeher ein Herzenswunsch von mir Sie persönlich kennenzulernen. Ich wünschte nur die Umstände wären andere.“

Hier legte der Vikar eine kleine Pause ein, zum einen um Luft zu schöpfen und zum anderen, um Holmes die Möglichkeit für ein paar passende Worte zu geben. Da mein Freund jedoch noch stets teilnahmslos und mit müdem Blick aus dem Fenster sah, setzte der Vikar seine Rede fort.

„Ich habe ja gleich befürchtet, dass es Ärger geben würde, als die Dörfler mal wieder behaupteten, die drei Mönche gesehen zu haben. Sie halten diese Legende, die ja auf Tatsachen beruht, durch ihre Erzählungen wirklich lebendig. Wahrscheinlich ist das Gottes Strafe dafür, dass die Gläubigen und insbesondere die Geistlichen verfolgt wurden.“

Wieder legte der Vikar eine Pause ein und blickte erwartungsvoll Holmes an. Doch Holmes würdigte ihn weder eines Blickes noch eines Wortes. Mittlerweile tat mir der arme Vikar ein wenig leid, da er so gar keine Ansprache erhielt. Daher sah ich mich genötigt, ihm anstandshalber eine Frage zu stellen.

„Dann sind diese drei Mönche also wirklich zu Tode gekommen?“
Dankbar darüber, dass man auf ihn eingegangen war, sprach Mr. Crane begeistert weiter.
„Aber ja, Dr. Watson. Die Abtei wurde damals in den Abendstunden von Vandalen heimgesucht und drei der Mönche wurden dabei zu Tode gejagt. Die Quälerei wird sicherlich die ganze Nacht gedauert haben, denn es soll sich bei den drei Mönchen um sehr junge und kräftige Männer gehandelt haben. – Ich sage ihnen Dr. Watson, bei einem solchen Treiben hat der Teufel seine Finger im Spiel!“
Seine letzten Worte hatte er, wie es einem Mann Gottes wohl zu steht, voller Inbrunst von sich gegeben. Als er nun endete, blieb es eine Weile still und der gute Vikar hatte wohl das Gefühl, das solch düstere Worte vielleicht nicht das richtige in der momentanen Situation waren. Daher versuchte er ein Lächeln aufzusetzen und fuhr mit begeisteter Stimme fort:
„Doch so schlimm dieses Ereignis auch war, so zeigt es uns doch, dass man selbst in der größten Not nie den Glauben an unseren Herrn verlieren darf. Es war Gott selber, der seine schützende Hand über die anderen neun Mönche hielt, sodass sie Tage später, zwar abgezehrt und verängstigt, ansonsten aber unverletzt Salehurst erreichten.“
Wieder legte der Vikar eine Pause ein und schaute sowohl Holmes, als auch mich erwartungsvoll an.
Ich war enttäuscht, dass der Vikar bei Holmes keinen Stimmungswechsel bewirkt hatte. Es blieb mir wohl nichts anderes übrig als Mr. Crane gekonnt aus dem Salon zu komplementieren. Ich wollte gerade damit beginnen, als ich eine Veränderung in Holmes Haltung wahrnahm. Dann wirbelte er plötzlich zu uns herum und stürmte auf den Vikar zu, der ihn

überrascht anblickte. Holmes Miene war zwar noch immer angespannt, aber um seine Lippen spielte seltsamerweise ein stilles Lächeln und seine Augen blickten nicht mehr müde, sondern leuchteten in einem fiebrigen Glanz, den ich bei ihm stets beobachtet hatte, wenn er seinem „Wild" auf der Fährte war. Holmes ergriff die Hand des Vikars mit beiden Händen und schüttelte sie kräftig, während er mit aufrichtiger Herzlichkeit sagte:

„Mein lieber Mr. Crane, Sie glauben nicht wie dankbar ich bin, Sie kennen gelernt zu haben. Doch leider haben wir jetzt keine Zeit mehr."

Und an mich gewandt fuhr er fort:

„Kommen Sie Watson, das Spiel ist noch nicht zu Ende!"

Mit diesen Worten eilte er, an dem immer noch verdutzt dreinblickenden Vikar vorbei, in Richtung Tür und ich folgte ihm auf den Fuß.

Der Leiterwagen, mit dem Holmes und ich erst vor kurzem die Schmiede verlassen hatten, stand noch abfahrtbereit vor dem Anwesen von Mrs. Forrester. Beherzt sprang Holmes auf die Kutscherbank und ich hatte kaum neben ihm Platz genommen, als er auch schon die Peitsche knallen ließ. Im wilden Tempo rasten wir die Strecke zurück zur Schmiede.

„Holmes, was haben Sie vor?"

„Wir werden das Versteck der Mönche suchen. Ich bin fest davon überzeugt, dass sich dort auch Robert Welling befindet."

„Versteck der Mönche, was meinen Sie damit?"

„Nun, dass Versteck, in dem sich die neun Mönche, von denen der Vikar sprach, damals verborgen hielten."

„Aber Holmes, die Mönche haben sich wahrscheinlich irgendwo in den Wäldern versteckt gehalten. Und haben Sie mir nicht erst vor kurzem klar gemacht, dass eine solche Suche sinnlos wäre?“

„Da haben sie Recht, Watson. Doch denke ich, dass wir unser Suchgebiet einschränken können. Versuchen wir uns in die Zeit zurückzuversetzen als die Abtei gestürmt wurde. Die drei jüngsten und kräftigsten Mönche beschließen sich zu opfern, um die anderen neun zu retten. Wie wir aus der Legende wissen, liegt der Ort wo sie starben westlich von der Abtei. Wenn sie also versucht haben, von einem Versteck abzulenken, so muss sich dieses in östlicher Richtung befinden.“

„Ja, Sie haben Recht, Holmes, so könnte es gewesen sein. Doch was soll uns das nützen? Im Osten liegt ein riesiger Wald und damit wären wir wieder beim Ausgangsproblem.“

„Nein. Watson. Ich glaube nicht, dass sie sich tagelang im Wald versteckt hielten. Neun Mönche, einige von ihnen vermutlich alt und gebrechlich. - Nein, ich denke es gab in der Abtei ein Versteck.“

„Für neun Personen?“

„Ja, warum nicht? Irgendein geheimer Raum.“

„Aber konnte dieser Raum denn bis heute geheim bleiben? Ich meine, hätte man diesen Raum bei den Umbauten zur Schmiede nicht finden müssen?“

„Nicht unbedingt, Watson. Abgesehen davon nehme ich an, dass sich dieser geheime Raum in dem verfallenen Ostflügel befindet.“

„Aufgrund seiner Lage?“

„Ja, und weil sich dort früher die Schlafräume der Mönche befanden. Bei dem nächtlichen Überfall konnten die Mönche ihr Versteck nur ungesehen erreichen, wenn es sich in ihrer unmittelbaren Nähe befand.“

„Was Sie sagen, Holmes, klingt logisch. Aber selbst wenn es dieses Versteck gibt, woher sollte Bill Harper es kennen?"

„Bedenken Sie, Watson, Bill Harper kannte diese Gegend schon sein ganzes Leben lang. Fast genauso lange hat er mit Schmuggel zu tun gehabt. Warum sollte er beim Auskundschaften nach einem sicheren Versteck für seine Schmuggelware, nicht das Versteck der Mönche gefunden haben?"

„Das ist wahr, Holmes. Möglich wäre es. – Ich hoffe Sie haben Recht."

„Nun, einen Versuch ist es zumindest wert."

Mit diesen Worten brachte Holmes den Wagen zum Stehen, denn wir hatten bereits die Schmiede erreicht.

Wir nahmen die Blendlaterne, die wir bei unserem ersten Besuch zurückgelassen hatten und zwei Brecheisen mit, die wir bei der alten Esse der Schmiede fanden. Als wir uns dem Ostflügel näherten begann meine bereits aufkeimende Hoffnung wieder zu schwinden. Erst jetzt beim Licht der Morgensonne konnte ich erkennen, wie verfallen der Ostflügel aussah. Holmes schien dies jedoch nicht im Geringsten aufzuhalten, denn er betrat ohne weitere Umschweife das Erdgeschoss und durchschritt es. Dabei hielt er seinen Blick stets nach unten auf den Boden gerichtet und klopfte mit einer der Brechstangen unentwegt auf den Steinfußboden zu seinen Füßen. Stets ertönte dasselbe dumpfe Geräusch, doch plötzlich klang es heller. Im selben Augenblick warf sich Holmes auf den Boden und fuhr die einzelnen Rillen zwischen den Steinblöcken mit seinen Fingern ab.

„Hier, Watson! Sehen Sie diesen Stein? Er ist nicht festverfugt, sondern nur eingefügt. Schauen wir doch mal, ob wir es mit den Brecheisen nicht schaffen ihn heraus zu hebeln."

Es war nicht ganz einfach den Stein zu lösen, da uns zunächst die Brecheisen immer wieder abrutschten. Doch endlich schafften wir es und konnten einen verhältnismäßig flachen Stein heraus hebeln. Der Stein verschloss, wie ein Deckel, eine Öffnung, die sich schnell verengte, jedoch groß genug war um einen schlanken Mann hindurch zu lassen.

„Das werde ich mir mal genauer ansehen, Watson. Wenn ich unten bin, reichen Sie mir bitte die Blendlaterne."

Mit ungutem Gefühl sah ich zu, wie Holmes Gestalt in dem gähnenden schwarzen Loch verschwand. Dann reichte ich ihm wie gewünscht die Blendlaterne. Es dauerte etwas bis ich seine gedämpfte Stimme vernahm.

„Watson, ich hatte Recht. Hier unten befindet sich ein richtiges Gewölbe. …Und da hinten liegt etwas, …"

Mehr hörte ich nicht, da Holmes sich offensichtlich von der Öffnung entfernte. Angespannt wartete ich drei oder vier Minuten, die mir jedoch wie eine Ewigkeit vorkamen. Dann vernahm ich Holmes klare Stimme, die mir von unten zurief:

„Watson, ich habe Robert gefunden! … Er lebt, ist aber offensichtlich nicht bei Bewusstsein. Ich werde ihn jetzt zu Ihnen hochheben."

Mein Herz machte einen Freudensprung und ich schickte ein Dankgebet zum Himmel. Als die Oberarme des Knaben aus dem Loch hervor lugten, griff ich danach und zog ihn heraus. Ich legte ihn behutsam auf den Boden und wollte dann Holmes beim Ausstieg behilflich sein, doch war dieser bereits behände aus der Öffnung herausgestiegen. Sofort begann ich den Knaben zu untersuchen. Sein kleiner Brustkorb hob und senkte sich kaum merklich und sein Puls war schleppend langsam. Äußerlich schien er jedoch keine Verletzungen davon getragen zu haben. In Anbetracht dessen, dass er sich seit Tagen in diesem Gewölbe befand, war es kein Wunder, dass wir ihn in diesem schwachen, dehydrierten Zustand vorfanden.

Während ich den Knaben zum Leiterwagen trug und ihn auf die Ladefläche legte, hatte Holmes in der Scheune eine Wasserflasche gefunden und sie gefüllt. Vorsichtig flößte ich dem Kind ein wenig Wasser ein. Zunächst konnte er das Schlucken kaum bewältigen, doch dann schienen seine Lebensgeister wieder zu erwachen. Er blinzelte ein wenig und trank gierig von dem Wasser. Nach kurzer Zeit war jedoch die Anstrengung zu viel für ihn und er fiel erschöpft in einen unruhigen Schlaf. Holmes sah mich alarmiert an, doch ich konnte ihn beruhigen: *Der Knabe lebte und würde auch am Leben bleiben!*

Während ich das Kind im Auge behielt, setze Holmes sich auf die Kutscherbank und trieb die Pferde an. Obwohl wir nun vorsichtiger fuhren, erreichten wir trotzdem sehr schnell das Anwesen von Mrs. Forrester. Aufgrund unseres überstürzten und recht unorthodoxen Aufbruchs, eilten Mary, Mrs. Forrester und der Vikar, als sie den Leiterwagen ankommen sahen, in den Hof und umringten uns. Die Freude und Erleichterung, die sie empfanden, als sie sahen, dass wir Robert lebend gefunden hatten, war greifbar. Nachdem ich ihnen versichert hatte, dass Robert wieder genesen würde und es dazu nur ein wenig Ruhe und Fürsorge bedürfe, schlug Mrs. Forrester vor:

„Dr. Watson, bringen Sie Robert doch in das Zimmer, wo sein Vater schon ist. Mr. Welling ist wieder bei Bewusstsein und seine Frau ist auch bei ihm."

„Das ist eine hervorragende Idee, Mrs. Forrester. Doch finde ich, das sollten Sie tun, Holmes", entgegnete ich und fuhr dann fort: „Ohne Ihren Einsatz und Ihre Beharrlichkeit wäre Robert verloren gewesen. Außerdem muss ich mich endlich um das aufgewühlte Herz meiner Liebsten kümmern."

Mit diesen Worten stieg ich vom Wagen, ging zu Mary, nahm sie in die Arme und küsste sie innig. Währenddessen blickten der Vikar und Mrs. Forrester meinen Freund aufmunternd an. Holmes hob den Knaben auf seine kräftigen, sehnigen Arme und stieg dann die Treppe hinauf ins Haus, gefolgt von Mary und mir, die wir einander immer noch fest umschlungen hielten, und Mrs. Forrester, die sich beim Vikar eingehakt hatte.

Als Mr. und Mrs. Welling sahen, dass Holmes mit Robert auf den Armen das Zimmer betrat, schrien beide vor Glück auf. Holmes legte Robert neben dessen Vater, so dass dieser seinen unverletzten Arm sowohl um sein Kind, als auch um seine Frau legen konnte. Beide weinten vor Glück und Erleichterung. Unser kleiner Aufmarsch wollte bereits unauffällig den Rückzug antreten, als Mr. Welling mit bewegter Stimme sagte:

„Mr. Holmes, meine Frau und ich danken Ihnen von ganzem Herzen. Dass Sie uns unser Kind zurückgebracht haben, werden wir Ihnen nie vergessen. Was immer Sie wünschen Mr. Holmes, sagen Sie es, ich werde es Ihnen erfüllen."

Ein stilles Lächeln spielte um die Lippen meines Freundes bevor er antwortete.

„Mr. Welling, die Lösung Ihres Problems hat mir einen abwechslungsreichen Aufenthalt auf dem Land beschert. Watson wird ihnen versichern, dass ich ohne das Lösen eines Problems nicht zufrieden bin. So sind also letztendlich nicht Sie es, der zu danken hat, sondern ich."

Holmes hatte in der gefühlsbewegten Situation genau die richtigen Worte gefunden. Schon bald ging unser anfängliches Schmunzeln in ein herzhaftes Lachen über und all die Anspannung der vergangenen Stunden, ja Tage fiel von uns ab.

Ausklang

Ich möchte Ihre Geduld, geneigter Leser, jetzt wo das Geheimnis der drei Mönche in mehr als einer Hinsicht ergründet wurde, nicht weiter mit Details strapazieren. Daher werde ich die Ereignisse der folgenden Tage hier zusammenfassend wiedergeben:

Inspektor Lestrade hatte, als er Holmes Telegramm erhielt, die örtlichen Polizeikräfte in Hastings alarmiert, die daraufhin sofort ausrückten. Als erstes kamen sie zum Anwesen von Mrs. Forrester, um den von uns festgehaltenen Thomas Beddington in Gewahrsam zu nehmen. Dann führte Holmes sie in den Wald zu der Stelle, wo wir erst vor kurzem die falschen Mönche überwältigt hatten. Man fand die gefesselten Critten Brüder noch genauso vor, wie wir sie verlassen hatten, sodass auch sie inhaftiert werden konnten. Danach begleitete Holmes die Polizisten zur Schmiede, wo sie sowohl das Falschgeld, als auch die Druckerplatte konfiszierten und anschließend den Leichnam von Bill Harper abtransportierten. Mittlerweile war auch Lestrade eingetroffen, der vor Wut schäumte, da er eher hätte benachrichtigt werden wollen. Doch in Anbetracht dessen, dass man mehrere Verbrecher ergriffen hatte, die Verbreitung von Falschgeld unterbunden und das entführte Kind wohlbehalten aufgefunden wurde, beruhigte sich Lestrade zusehens. Als Holmes ihm dann auch noch versicherte, dass er kein Interesse daran hätte, in dieser Affäre öffentlich erwähnt zu werden, war Lestrade wieder ganz der Alte. Vielleicht erinnern sie sich noch daran, geneigter Leser, dass im Spätsommer des Jahres alle

Nachrichtenblätter des Landes über den glücklichen Ausgang einer Entführung, der Inhaftierung eines geflohener Gefangenen und der Beschlagnahmung von Falschgeld berichteten, wobei sie Lobreden auf Scotland Yard im Allgemeinen und auf Inspektor Lestrade im Besonderen hielten.

Was Mr. Welling und Robert betraf, so erholten sie sich zusehends und würden bald wieder hergestellt sein. Als mich Holmes frug, ob der Gesundheitszustand Roberts es zuließe, ihn zu befragen, konnte ich ihm dies nur bestätigen. Nachdem Mr. Welling sein Einverständnis gegeben hatte, berichtete uns der Knabe von der Entführung und seinem Aufenthalt in dem Gewölbe. Seine Schilderung bestätigte, dass die Entführung tatsächlich so verlaufen war, wie Holmes vermutet hatte. Auch sein Fluchtversuch bei der alten Ruine und der mutige Einsatz Chelseas hatten sich genauso ereignet. Bei der Erwähnung der Hündin und ihres traurigen Endes liefen dem armen Kind dicke Tränen über die Wangen. Trotzdem setzte er tapfer die Schilderung seines Schicksals fort. Bill Harper ließ ihn in das Gewölbe steigen und gab ihm dann einen Laib Brot und einen Krug Wasser mit. Dann verschloss er die Öffnung mit einem Stein und das war das letzte Mal, dass er seinen Entführer sah. Weiterhin berichtete Robert, dass er versucht habe den Stein anzuheben, der den Eingang zum Gewölbe verschloss, doch seine Kräfte hätten dazu nicht gereicht. Er habe auch versucht sparsam mit dem Wasser umzugehen. Doch trotz aller Sparsamkeit hatte die kleine Ration nicht lange vorgehalten Daher sei er sehr dankbar gewesen, als es eines Tages regnete, denn der Niederschlag fand auch einen Weg in sein Gefängnis. So konnte er seinen Durst stillen und den Krug wieder füllen. Als Robert mit dem Bericht über sein Martyrium fertig war, hätte man die Wut, die Mr. Welling, Holmes und mich beherrschte, greifen können.

Ich wusste, dass wir alle drei in diesem Moment dasselbe dachten: *Man hatte nie vorgehabt, das entführte Kind jemals wieder frei zu lassen. Das Gewölbe in dem man Robert versteckt hielt, sollte auch sein Grab werden!*
Bevor wir die Wellings verließen, erneuerte Mr. Welling noch einmal sein Angebot, Holmes jeden Wunsch zu erfüllen. Doch mein Freund lehnte auch diesmal jeglichen Lohn ab. Dabei sagte er etwas, das mich tief in sein Herz blicken ließ und mich so sehr bewegte, dass ich es gerne als Zitat widergeben möchte:
„Mr. Welling, meinen Lohn habe ich erhalten, als ich ihren Sohn lebend zu Ihnen und ihrer Gattin bringen konnte. Wenn Sie mir jedoch einen Wunsch erfüllen wollen, dann haben Sie ein mildtätiges Herz für Mrs. Esther Brown. Sie wissen aus meiner damaligen Schilderung des Falles, welches Schicksal sie erlitt und das ich ohne ihre Beobachtung mich vermutlich nie mit diesem Fall beschäftigt hätte. Wenn Sie mir also einen Wunsch erfüllen wollen, dann danken sie Mrs. Brown. Versuchen Sie ihr verständlich zu machen, dass es ihr Verdienst ist, das Robert noch lebt. Vielleicht hat es eine positive Wirkung auf ihren verwirrten Geisteszustand. Und falls dem nicht so sein sollte, dann versorgen Sie bitte Mr. Brown mit einer kleinen finanziellen Unterstützung, damit seine Gattin niemals eine öffentliche Nervenheilanstalt von innen sehen muss."
Während Mr. Welling versicherte, dass er dieser Bitte sehr gerne nachkäme, gelangte ich zu der Einsicht, dass das Herz meines Freundes mindestens genauso edel und bemerkenswert war, wie sein Verstand, der in aller Welt gelobt wurde.

Kurz nach unserem Besuch bei den Wellings verkündete Holmes, das es nun für ihn Zeit wäre, wieder nach London zurück zukehren, da in der Baker Street noch reichlich Arbeit auf ihn warte. Er müsse noch seine Monografie über *Die Klassifizierung von Brandrückständen* fertigstellen und ein chemisches Experiment zum Nachweis eingetrockneter Blutflecken beenden, über das er bei Erfolg auch eine kleine Abhandlung verfassen würde. Obwohl wir ihm alle gut zuredeten, sich noch ein paar Tage auf dem Land zu erholen, ließ er sich nicht umstimmen. Mrs. Forrester vertraute Mary und mir etwas später im Geheimen an, sie vermute, dass Holmes wahrscheinlich vor dem redseligen und sehr anhänglichen Vikar die Flucht ergreifen wolle.

„Nun verdenken könnte man es ihm nicht", erwiderten Mary und ich wie aus einem Munde. Doch als sein Freund wusste ich natürlich, dass dieser Aspekt, genauso wie die von ihm angeführte unerledigte Arbeit, nicht die einzigen Gründe für seine Heimkehr in die Baker Street waren. Mir fielen sofort noch einige weitere ein, wie zum Beispiel, dass ihn, obwohl er durchaus für Schmeicheleien empfänglich war, zu viel Aufmerksamkeit ermüdete. Außerdem war es für ihn typisch, dass, wenn ein Problem oder Fall gelöst war, er schlagartig das Interesse daran verlor. Und wenn er es auch selbst nie offen gesagt hätte, so war es ihm sicherlich auch ein Anliegen, Mary und mir noch ein paar Tage der Zweisamkeit zu gönnen. Und letztendlich darf man nicht vergessen, dass er London liebte. Die Verbrechen, Abenteuer, Probleme und Rätsel die ihm die Metropole boten, waren sein Lebenselixier. Ich vermutete, dass er sicherlich schon bald wieder durch schmutzige, nebelverhangene Gassen streifen würde, stets bereit, sich selbstlos dem Bösen in den Weg zu stellen und es zu vernichten. Zu diesem Zeitpunkt ahnte ich noch nicht, wie schnell sich meine Vermutung bewahrheiten sollte. In London bahnte sich bereits ein kolossales Verbrechen von internationalem Ausmaß an, das Holmes und mich wie in einem Strudel mit sich reißen sollte.

Made in the USA
Columbia, SC
09 February 2022

55831017R00079